輕小說

L

不正經的魔術講師與追想日誌 5

羊太郎

插畫/ 三嶋くろね　譯者/ 林意凱

真是沒有一個正經的部下……

帝國宮廷特務分室前室長伊芙・依庫奈特

Memory records of bastard magic instructor

Character
阿爾貝特・
弗雷澤
隸屬帝國宮廷魔導士團特務分室。葛倫的前同袍。帝國首屈一指的狙擊手，從戰鬥到諜報，所有任務都能一手包辦，是各項能力突出的頂尖魔導士。
葛倫・
雷達斯
主角。阿爾扎諾魔術學院的魔術講師，討厭魔術。不管做什麼事都馬馬虎虎、懶懶散散，以魔術師來說只是個三流人物，找不到任何一處優點。不過他真實的面貌是——？

瑟莉卡・
阿爾佛聶亞
阿爾扎諾帝國魔術學院教授。外貌年輕，不只養育葛倫長大，還傳授魔術給他，是名謎團重重的女性。對葛倫有溺愛的一面。
梨潔兒・
雷佛德
隸屬帝國宮廷魔導士團特務分室。雖然被派到學院來擔任魯米亞的護衛，但不知何故老是追著葛倫屁股跑。
西絲蒂娜・
席貝爾
綽號「師見愁」，一板一眼的資優生。常常受不了葛倫吊兒郎當的態度把他罵得狗血淋頭，這樣的畫面已經成了學院的特色。
魯米亞・
汀謝爾
個性清純善良，人見人愛，無論走到哪裡都大受歡迎。內心十分仰慕拼命保護學生的葛倫。常常在葛倫和西絲蒂娜吵架的時候扮演和事佬。

爆發，愛情天使之戰

The outbreak of Love Angel War

Memory records of bastard
magic instructor

午休時間。

在阿爾扎諾帝國魔術學院本館校舍的後院——

「魯米亞……我已經注意妳很久了……怎麼樣？要不要跟本帥哥交往看看啊？」

「抱歉。請恕我拒絕。」

魯米亞毫不猶豫地拒絕了對方裝模作樣的告白。

告白失敗的男學生化為一座雕像，渾身僵硬。

魯米亞一臉愧疚，雙手合十向對方點頭致歉後，準備離開。

「什……等等，我長得帥，家裡有錢，而且還是貴族，到底有哪裡讓妳覺得不滿意——」

男學生一把抓住魯米亞的肩膀，糾纏不休地試圖挽留她——

「……真的很不好意思。我知道里特同學是很有吸引力的男生……可是，我沒辦法把你視為戀愛對象……所以只能跟你說抱歉了。」

然而，此舉換來的卻是更為殘酷的致命一擊。

「嗄啊——!?」

男學生聞言，翻起白眼、口吐鮮血，向後仰起上半身……

「嗚、嗚哇啊啊啊啊啊啊！我被甩了——！永別了！」

只見他嚎啕大哭，一溜煙地跑走了。

「……唉。」

魯米亞懷著罪惡感，目送男學生的背影離去。

「唉，魯米亞，每天都要做這種每日任務，辛苦妳了。」

「……嗯。很開心妳不用跟他※互刺。」（譯註：在日文中音同「交往」。）

躲起來旁觀告白經過的西絲蒂娜和梨潔兒從暗處走了出來。

「話說回來，魯米亞妳真的很受男生歡迎呢。」

「嗯。真的有好多人跟魯米亞提出決鬥的要求。」

西絲蒂娜聳肩嘆氣；依舊從頭到尾都會錯意的梨潔兒，則是頂著想睡的表情點頭。

「啊、啊哈哈……有嗎？」

「哎，我也可以理解男生他們的心情啦。畢竟魯米亞很漂亮、身材又好、個性溫柔，還很善解人意……如果我是男生的話，一定不會放任不管吧……」

「嗯？是這樣嗎？唔……魯米亞和西絲蒂娜互相刺來刺去……我不喜歡這樣……我還是希望妳們……好好相處。」

向來面無表情、看似沒睡飽的梨潔兒垂低了頭，臉上籠罩著陰霾。

「呵呵……放心啦，梨潔兒。不是妳想的那個意思。」

魯米亞溫柔地撫摸著梨潔兒的頭。

「啊，對了，魯米亞。雖然在這時候提這件事可能不太合適……不過，剛剛在路上有人要我轉交東西給妳……」

西絲蒂娜窸窸窣窣地從懷裡掏出了三個信封。寄件人全是男生。

「這三封信都是給妳的情書。妳這個月已經收到幾封啦？」

「哇……又要抽空回信了。」

魯米亞苦笑著接過情書，小心翼翼地收好。

西絲蒂娜很清楚，魯米亞絕不會連看都沒看就把情書丟進垃圾桶。

不管再忙，不管寄件者是誰，魯米亞都會抽空仔細看過她收到的情書，然後用心地回信婉拒對方的好意。

若是收到情書，就回信。如果被人約出去當面告白，便親赴現場回應。

魯米亞總是規矩地，以最誠懇的態度回應男生的告白。

不過，不知道用「魅力稅」這個字眼形容是否恰當……西絲蒂娜很明白，每次都抱著愧歉之意婉拒男生告白的魯米亞，其實也蒙受了不小的精神負擔。

「……妳還好嗎？魯米亞。」

「咦？」

因此，西絲蒂娜向困惑的魯米亞提出良心的建議。

「一直拒絕別人的告白，精神壓力一定不小吧？其實妳也不用一一回應，不要理他們也是一種方法。」

「西絲蒂……」

「追根究柢，只憑一封情書就想跟妳告白，要不然就是採取那種亂槍打鳥式的搭訕攻擊……我實在不覺得那些男生對妳是真心的。魯米亞，妳還是別浪費時間在他們身上了——」

西絲蒂娜會這麼說，是因為擔心魯米亞太過操勞，這是無庸置疑的。

……然而——

「……西絲蒂，不可以說那種話喔。」

魯米亞卻面露微笑，伸出食指輕輕地封住了西絲蒂娜的嘴。

「剛才那個男學生……里特同學。他是真心的。我一看到那道誠摯的眼神就知道了……他是真心喜歡上這樣的我。」

「……咦？」

「里特同學的用字遣詞和態度之所以那麼輕浮……應該是為了掩飾自己的緊張吧？所以，西絲蒂妳不可以把人形容得那麼壞。」

魯米亞抬頭看著天空，慢條斯理地向呆若木雞、一句話都說不出來的西絲蒂娜說道：

「西絲蒂。要向別人說出自己的心意……真的是非常需要勇氣的行為呢。換作是我，就算想跟喜歡的人告白，也會害怕遭到對方拒絕，害怕破壞和旁人的關係……恐怕連提筆寫信的勇氣也沒有。」

「…………」

「所以，我是真心覺得里特同學和寫了情書給我的這些人很了不起……我實在沒辦法輕賤他們的勇氣與覺悟……」

「…………」

「雖然我無法回報他們的好意……我也感到很難過……可是，我至少必須正視他們的心情，並且做出回應……」

魯米亞這麼說著，向西絲蒂娜盈盈一笑。

「所以我沒事的……抱歉，讓妳擔心了，西絲蒂。」

她那燦爛的笑容，讓西絲蒂娜受到一種彷彿腦袋挨了一拳的衝擊。

「……同、同樣身為女人，我總覺得我們的層級相差太多了……」

西絲蒂娜再一次認清魯米亞會受異性歡迎的原因。

「層級……這、這種說法也太誇張了啦。」

「雖然我不是很懂……不過我覺得魯米亞是對的……嗯。如果有人跟自己提出決鬥，一定要全力以赴，不然很失禮。」

梨潔兒也深表贊同地點頭。

「所以呢？言歸正傳……魯米亞妳喜歡誰？呃……果然是葛、葛倫老師……嗎？」

「咦？這……這個……我……呃……」

「魯米亞妳喜歡葛倫？嗯，那跟我一樣。等妳決定要跟葛倫互刺時……我會幫妳打造一把很銳利的劍。」

三名少女就這樣聊著女孩子的話題，走回校舍。

——換到另一個場景。

「啊啊……可惡……我為什麼會碰到這種事……？」

「老、老師……振作一點……有我們陪著你……」

葛倫十分沮喪，有氣無力地走在校舍的走廊上，魯米亞在一旁攙扶著他，西絲蒂娜和梨潔兒則跟在後面。

「想不到……那個奧威爾・休薩教授又要進行新發明的測試了……」

西絲蒂娜也半瞇著眼，垂頭喪氣。

奧威爾・休薩。

阿爾扎諾帝國魔術學院的魔導工學教授，年僅二十八歲就升到第五階級的年輕天才魔術師

——

——然而，他總是把超凡的才能浪費在奇怪的方面上，把旁人捲入天翻地覆、哀鴻遍野的大騷動之中，堪稱純粹的變態大師……人稱『天災教授』。偏偏他是個超級天才，所以校方也無法開除他……他就是這麼一號令人非常頭痛的人物。

而且，奧威爾常常為了測試魔術實驗或魔術發明，要求校方支援人力，那些銜命前去充當實驗『助手』的人，都被公然稱為『活人祭品』。

「混帳……那群傢伙是不是搞錯了什麼，以為我是專門幫奧威爾善後的人啊……!?」

在這次臨時召開的緊急會議中，一致通過由葛倫充當『活人祭品』，葛倫除了懷恨咒罵也無濟於事。

「啊、啊哈哈……那恐怕也是沒辦法的呢……因為休薩教授不知為何好像特別喜歡老師……」

「畢竟教授說老師你是他此生最大的競爭對手兼莫逆之交嘛。」

「我這輩子從來沒有這麼努力想拚命否定一件事……」

聽到西絲蒂娜的話，葛倫心情沉重地嘆了口氣。

「呼哈哈哈哈哈！來得好！我此生最大的競爭對手兼莫逆之交的葛倫老師！還有接受他教

導的三名少女！我由衷歡迎你們！」

葛倫等人一踏進研究室，一名男子立刻一臉欣喜地迎上前。

男子像野蠻人一樣留著亂糟糟的中長髮，右眼戴著眼罩。其實單就外表而言，他是個長得頗有味道的美男子，然而他那閃爍著詭異光芒的左眼，以及帶有狠勁的邪笑，都給人一種瘋狂的感覺。

這名男子就是奧威爾・休薩。

阿爾扎諾帝國魔術學院中傲視全世界的天災（這不是錯字）魔導工學教授。

「唉……這次你又做了什麼鬼東西啊，混蛋。」

「呼……原來你那麼期待看到我的新發明嗎……我實在太開心了，莫逆之交啊！」

「喂，誰是你的莫逆之交啊。別賣關子了，快點從實招來好嗎？」

葛倫之所以會問奧威爾發明了什麼，當然不是因為對他的發明有興趣，單純只是想趁早做好預防措施。

（可惡，這傢伙白痴歸白痴，在魔術品的研究開發上，他可是連瑟莉卡都予以認同、不折不扣的天才……）

葛倫嘆了口氣。

（而且，這傢伙會冠上魔導工學教授的頭銜，單純只是因為他覺得『聽起來很帥』……實際上，他可是莫名精通所有魔術領域的全能型天才……讓變態獲得才能和技術，就是這麼可怕。）

奧威爾對葛倫心裡的想法自然一無所知，開口說道：

「呼！我可以理解各位迫不及待想看的心情，可是請再忍耐一下！首先讓本人向你們說明本次發明的緣由吧！」

「啊啊，又來了。」

「休薩教授還是一點都沒變。」

「啊哈哈……」

葛倫和西絲蒂娜翻起了白眼嘆氣，魯米亞一臉苦笑。

另一方面，梨潔兒似乎對奧威爾堆滿了雜物的研究室感到好奇，不斷東張西望。

「各位！雖然我等魔導大國・阿爾扎諾帝國擁有全世界最尖端的魔導技術，在政治、經濟、軍事各方面都獨占鰲頭，氣勢如日中天……可是，近年來那個氣勢已經開始呈現衰敗的跡象，你們是否發現了呢!?」

「咦？」

聽到奧威爾天外飛來一筆的發言，西絲蒂娜和魯米亞頻頻眨眼，面面相覷。

「……這我可不能當成沒聽見，你這句話有什麼證據嗎？」

「噢噢，葛倫老師……我此生最大的競爭對手……你這般程度的男人居然連這種先見之明也沒有，實在教人遺憾……可是！葛倫老師你是把生命奉獻給引導年輕人，燃燒自身靈魂的真正聖職者！會陷入當局者迷的情況也是理所當——」

「夠了！都快被你煩死了！怎麼那麼長舌！光是來配合你測試發明就已經夠浪費時間了，快點開始啦！」

聞言——

奧威爾突然「碰！」一聲，把一張大得誇張的資料海報貼在牆上。

「呼……這是帝國十幾歲到三十幾歲的年輕階層就職率和平均結婚年齡、生育率、年收和超時勞動時間等統計數字！今後將肩負帝國未來的年輕人們的相關數據，我全部都整理出來了！……趁蹲廁所無所事事的時候！」

「喂……呃，喂……等一下……你整理出的這些數據，是不是比帝國政策立案研究的資料還要精確啊？」

葛倫不耐煩地看著資料，感到一陣頭暈目眩。

稍微掃過一下也看得出來。奧威爾所製作的資料有種變態級的精確度，讓人想問促使他做到這個地步的動力到底是什麼。

他單純只是為了打發蹲廁所的時間，便一個人整理出這麼詳盡的資料，這件事情要是公諸於世，砸下了巨額國家預算、專門進行這類調查的，帝國政策立案研究所的所有職員，恐怕隔天就會被開除了吧。

「那麼！我運用高度的數秘術，獨自透過魔導演算器，針對這些數據進行預測分析後……算出了帝國未來即將面臨到的棘手問題！你們看這邊吧！」

葛倫等人定睛注視奧威爾大手一拍的地方。

寫在那上面並加註了圖表的資料是……

「嗯？換句話說……帝國未來幾十年將陷入出生率低迷，人民的平均壽命卻持續往上提升的狀況……嗎？」

「就目前看來，這個傾向還不是很明顯。不過從這份資料看來，未來似乎會變成那樣呢。」

「你們說對了！葛倫老師！白貓同學！」

奧威爾露出彷彿世界末日快要到來般的絕望表情，抱著頭朝著天花板吼叫。

「終於！帝國終於要面臨高齡化社會了！如果不設法改善的話，帝國的國力很快就會發展到顛峰……之後開始一路下滑！此乃攸關國家存亡的天大危機！」

「喔……」

「作為擁有傲視全球的最尖端文化文明的先進國，阿爾扎諾帝國已經邁入了最為繁華和成熟的階段！所以接下來我們將面臨的是帝國史上最大的苦難——文明病！啊啊，太教人難過了！我們……我們一定要設法阻止這個問題發生——！」

「唉，小題大作……就算真的會對社會造成影響，那也是好幾十年後的事情吧。」

「就、就是說啊，教授！現在還不需要恐慌！所以，請你冷靜一——」

葛倫和西絲蒂娜半是嘆氣半是傻眼地試圖安撫奧威爾，然而……

「笨蛋東西——！你們真的是讓我太失望了，葛倫老師！白貓同學——！」

奧威爾突然一聲大喝，嚇壞了兩人。

「沒錯！你們說得對，目前社會還沒有受到太大的影響！可是，放任問題惡化下去的話，在不久的將來勢必會對我等敬愛的祖國造成重大的負面影響！屆時，必須承擔那個惡果的就是年輕人！你們知道嗎!?」

「……!?」

「明知如此，卻不肯採取任何行動……袖手旁觀，滿足於現況……你們這樣能夠驕傲地、抬頭挺胸地面對自己的子孫，還有未來的阿爾扎諾帝國的年輕人嗎——!?」

奧威爾說得慷慨激昂。

他的理由十分言之有理，讓葛倫和西絲蒂娜都無法反駁。

「雖、雖然很不甘心，可是你說的沒錯……放任問題不管，未來確實不妙。」

「是、是呀……我們必須設法改變未來才行……」

「你們兩人終於明白了嗎！身為宣誓效忠祖國阿爾扎諾帝國和女王陛下的一介魔術師，面對這種事態，我實在無法置身事外……更重要的是！我希望我的祖國會是讓未來的年輕人們笑著引以為傲的國家……為了實現這個目標，我要把本次的發明獻給帝國和女王陛下。」

「奧威爾，你……」

「教授……」

「嗯，休薩教授果然是很了不起的人呢……」

葛倫、西絲蒂娜、魯米亞皆露出大為感動的表情。

順帶一提。

「ｚｚｚ……」

梨潔兒站著睡著了。

「……所以呢？你的開場白每次都又臭又長……到頭來，你究竟發明了什麼？」

「就是說呀。要解決教授你提出的問題，可不是那麼簡單的事……」

「呼……很抱歉，我已經想出可以瞬間解決那個問題的方法了。啊啊……連我都為自己的才能感到害怕……！咯咯咯……！」

奧威爾面露自信洋溢的表情，狂傲自滿地哈哈大笑。

「動腦想想吧。國家會進入高齡化社會，主要原因就是因為現在的年輕人愈來愈晚婚，生育率低落……」

「除此之外還有其他原因啦……不過，最大的主因確實就是你說的那些。所以呢？你有對策嗎？」

「我想到的對策──就是這個！」

「碰！」的一聲，奧威爾拿出一瓶看似香水的小型噴霧劑放在桌上。

「這就是迴避高齡化社會，保障年輕人能迎接光輝未來的必殺發明品──『超級桃花藥』！」

「「「…………」」」

葛倫等人之間瀰漫著一股難以名狀的沉默。

「光聽名字我大概就猜得出來了……不過，我還是先聽你說說這個發明的效果和你的意圖好了。」

「呼！只要噴了這瓶『超級桃花藥』，全身就會散發出超級桃花氣場，想不受歡迎也難！即便是沒人看得上眼的傢伙，也會從此瘋狂受到異性歡迎，而且是在愛情的意味上！我敢斷言受歡迎的程度會比傾城傾國的美女還誇張，宛如詛咒一樣！沒有人可以抗拒得了這個藥的藥效！畢竟這個藥用了滿滿的精神支配系魔術，明顯就是違法的禁藥，效果會這麼猛也是理所當然的！呼哈哈哈哈哈哈哈哈哈——！」

「「「…………」」」

「只要在帝國各地無差別地噴灑這個藥水，問題便迎刃而解！來吧！年輕人們！你們就委身於情慾的流動，努力增產報國，為了帝國的光明——」

「你是白痴嗎——————!?」

噗嚓！

葛倫抓住奧威爾的後腦勺，將他的臉撞向牆壁，讓他整張臉都陷入了牆面。

「你在想什麼啊，白痴！好歹思考一下這麼做會不會造成倫理上的問題吧！」

「就、就是說呀！若照教授的方式做，整個帝國會陷入嚴重混亂的！不用等到未來，現在就會亂得像天翻地覆一樣了喔!?」

「咯咯咯……你們真以為本人奧威爾・休薩在思考這個重大的未來課題時，還會去顧慮什麼倫理和現在這種細微末節的無聊小事嗎……？對我來說，只要能改善未來就夠了……過程和方法……根本不重要————！」

「去死吧！」

砰咚！

葛倫用膝蓋猛烈地頂向奧威爾的腹部，奧威爾痛得在地上打滾。

「這傢伙真的是夠了……本末倒置成這樣還得了……」

葛倫用看垃圾的眼神看著倒在地上的奧威爾，嘆了口氣。

「話、話說回來……這個發明好可怕喔……居然能把人的戀愛感情操控到那種地步……」

西絲蒂娜露出忌憚的眼神看著擺在桌上的藥瓶。

「……可以吸引異性……的藥……」

魯米亞也露出看似有些恍神的表情盯著藥瓶。

「休薩教授自信滿滿地斷言只要噴一下就會大受歡迎……效果肯定非常驚人吧……」

西絲蒂娜喃喃地咕噥著，這時——

「……有那麼誇張嗎～？」

葛倫突然伸出右手，想要拿起那瓶藥水。

「慢著。」

西絲蒂娜頓時心生不祥的預感，抓住葛倫的右手。

「你想做什麼？」

「我想做什麼……？」

葛倫冷不防一個箭步向前，伸出了左手。

西絲蒂娜根本來不及阻止。

葛倫的左手順利拿到了瓶子。

「啊!?老師你拿那個藥水到底想做什麼呀!?」

「沒有啊……這麼危險的藥水之後一定會被拿去報廢的……只不過，在那之前我還是得盡一下助手的義務啦……」

葛倫露出莫名嚴肅的表情說道。

「哎呀……奧威爾的白癡發明效果到底有多危險……專門幫奧威爾善後的我，還是得仔細確認一下才行，不然怎麼做報告呢……嗚……好痛苦啊～真的好痛苦～其實我一點也不想做～」（語調平板）

「等一下……!?你那是什麼表情！老師你現在一定在打什麼歪腦筋！對吧!?」

「有嗎～？我完全聽不懂妳在說什麼耶……嗚嘿嘿嘿……」

葛倫裝傻地說完後，試圖甩開西絲蒂娜的糾纏——

「我、我不會讓老師得逞的！」

西絲蒂娜從正面和葛倫扭打。

「那個……老師和西絲蒂，你們還是先冷靜一下……」

魯米亞上前向兩人勸架，然而……

「可惡……放開我啦，白貓！」

「休想！老師你真的有那麼想受歡迎嗎!?甚至不惜利用那種邪惡的藥物！知不知恥呀！」

兩人完全無視魯米亞兀自爭奪，情況似乎一發不可收拾。

「一、一點點就好！我試一下藥效就好！拜託啦！我真的只會用一點點而已！」

「不　可　以！」

「有什麼關係嘛！誰教這所學校的女人都對我太不溫柔了！我偶爾也會想嚐嚐成為萬人迷的滋味啊，混帳！」

「那是老師你自作自受吧!?」

扭打成一團的兩人愈鬧愈激烈。

一個不小心，葛倫手上的藥瓶瓶蓋鬆開了。

「啊!?糟糕!?」

「等等，老師你在做什麼啊!?快點把藥水交給我！」

「笨蛋！不要撲上來啦!?」

西絲蒂娜撲向葛倫拿在左手上的藥瓶，結果因為力道過猛，瓶子從葛倫的左手飛了出去。

「啊!?」

只見藥瓶在空中劃出一道拋物線……

啪嚓！

「呀!?好冰喔！」

結果，瓶子裡的藥水全都灑在魯米亞頭上了。

「不會吧!?妳……妳有沒有怎樣!?魯米亞!?」

葛倫慌張地趕緊上前查看魯米亞的臉。灑在魯米亞頭上的藥水瞬間就揮發掉了，從外表看不出有任何異狀，不過……

「對、對不起！我玩笑開得有點太過火了！妳真的沒事嗎!?」

「我、我沒事啦……反、反倒是……」

魯米亞忸忸怩怩，臉頰也微微飄起紅暈，用眼角餘光瞄了葛倫一眼。

「那個……老師你有沒有因為藥效的影響，覺得自己好像有哪裡怪怪的呢……？」

「啊!?對、對了!?」

奧威爾說過，被這個『超級桃花藥』噴到的人，都會大受異性青睞。

所以說……

「慘、慘了——!?如果教師對學生動真情，這種事情是不符合社會倫理的啊————!?」

「…………啊。」

葛倫抱頭哀號，腦子裡充滿了幻想的魯米亞則是臉頰變得火燙，縮著身體低垂著頭……

…………

「……咦？」

意識到那件事的葛倫盯著魯米亞，頻頻眨眼。

「奇怪，我身上沒有發生任何異狀耶？坦白說，我現在很正常。」

「……咦？」

魯米亞也備感意外地抬起臉猛眨眼睛。

「呃……老師……你對我真的一點感覺也沒有嗎？」

「……對啊。就跟平常一樣。」

「……是、是嗎……」

「換句話說，奧威爾那傢伙搞砸了……？這次的發明是失敗作嗎……？」

葛倫一臉詫異，這個事實更教他感到無法置信。

「……看樣子好像真的是失敗了呢。」

魯米亞輕輕地笑了。

她臉上帶著好像鬆了一口氣……又好像有幾分遺憾的表情。

「唉，奧威爾那個傢伙……誇下那麼大的海口，結果一點屁用也沒有，讓人虛驚一場……算了，反正這次的任務就這樣解決了……」

葛倫無奈地聳起肩膀如此說道時——

啪！啪！

「呀!?」

突然有兩個人從魯米亞左右兩側夾抱住她。

「魯米亞……」

「嗯……」

那兩個人正是西絲蒂娜和梨潔兒。

「……呃、呃……妳們突然是怎麼了……？」

感到困窘的魯米亞定睛一瞧，發現西絲蒂娜和梨潔兒兩人的臉都泛起紅潮，顯得異常嬌媚，她們呼出的氣帶著熱氣，表情苦悶，一雙眼睛看起來水汪汪的……

「……抱歉，魯米亞……我……好想要妳……已經沒辦法忍耐了。」

「……嗯。雖然我不太清楚為什麼……可是我突然有一種好想跟魯米亞黏在一起的感覺……」

「咦咦!?」

西絲蒂娜把臉埋進魯米亞的頭髮，輕輕咬著她的耳朵，梨潔兒則是用身體磨蹭著魯米亞。

魯米亞被嚇傻了，面紅耳赤的她呆若木雞……

「魯米亞！」

「呀啊!?」

西絲蒂娜和梨潔兒冷不防當場推倒了魯米亞。

「等一下，妳們兩個……不可以！啊嗚!?」

「衣服……好礙事……」

「哈啊……哈啊……魯米亞……妳是屬於我們的……」

把魯米亞壓在地上的西絲蒂娜，作勢要親吻魯米亞的嘴唇……緊緊黏著魯米亞不放的梨潔兒則是開始毛手毛腳，想要脫掉魯米亞的制服……

「《讓身體休息・賜心靈安祥・闔上你的眼瞼吧》！」

葛倫詠唱的白魔【沉睡之音】發揮了效力，西絲蒂娜和梨潔兒一轉眼就趴在魯米亞身上昏睡過去。

「老、老師!?」

「坦白說，這一幕還滿養眼的，讓人忍不住想再多看一點，只可惜再繼續下去可能就踩線了……」

葛倫鐵青著臉，流了滿頭大汗。

魯米亞難為情地從地上爬起來，慌張地把歪七扭八的衣服重新整理好；同一時間，葛倫把矛頭指向了奧威爾。

「快說，你這傢伙……現在到底是什麼情況？」

「唔……照理來說，這種藥只會對異性發生作用，只要稍微噴一下，不管是再怎麼沒有吸引力的人，也會立刻受到異性青睞……而且完全會在『符合常識和理性的範圍』內。就是經過這種調整的藥……」

奧威爾接著從頭到腳仔細打量了魯米亞一遍，說道：

「原來如此。也就是說，魯米亞同學不需要仰賴這種藥，本來就很受歡迎了。這樣的她因為超過極限、過度使用藥物，導致身體噴發出突破界限的超級桃花氣場，甚至連理性和性別的高牆也被粉碎了吧！」

「這是什麼鬼啊!?」

「現在的她，堪稱是神代時代的『愛情天使瑪麗艾兒』的化身吧，當時不管是天使、惡魔、人類，不分種族也不分男女老幼，大家都搶著想要得到她的寵愛呢！這實在太有意思了！愛這種感情不單只是生殖慾望的延長，而是一種更接近根源和本質的靈魂之——」

「不要賣弄知識了！快點想辦法解決問題！再這樣下去，魯米亞不就無法跨出大門了嗎!?」

奧威爾一臉得意地講得口沫橫飛，葛倫抓著他的領子拚命搖晃他的頭。

「對了，我有疑問！為什麼我和你一點都不受影響!?既然魯米亞身上的吸引力已經強烈到能讓社會倫理崩壞，照理來說我應該早就對魯米亞伸出狼爪了才對吧!?」

「呼，我來為你說明吧！我不受影響的原因很簡單！我早就料到可能會發生這種情況，事先就為自己施打專用的『反桃花藥』了！明哲保身可是基本中的基本！呼哈哈哈哈哈哈哈哈哈哈哈哈哈哈哈哈——！」

「你這傢伙真的很卑鄙耶!?」

「至於葛倫老師，你會不受影響是因為…………」

這時——

奧威爾不知何故突然語塞，用眼角餘光瞄了魯米亞一眼。

「……？」

被奧威爾投以意味深長的視線，魯米亞納悶地微微歪著頭……

「……呼。如果我把答案說出來，那也太不識趣了。總之，這剛好無法在葛倫老師身上發揮效用……姑且就這麼解釋吧？」

「啥!?這是什麼鬼啊!?」

「與其計較那種小事，不如盡快設法解除魯米亞同學身上的『超級桃花藥』藥效……對吧？」

「啊、啊啊。說得也對……」

雖然仍有疑點懸而未決，不過奧威爾說得沒錯，事情有輕重緩急之分。

「我這就立刻開始調製『反桃花藥』！葛倫老師你──」

就在這個時候──

「碰！」的一聲，奧威爾的研究室房門被人從外側用力踹破了。

只見好幾個眼睛爬滿了血絲的學生，站在損壞的房門外頭。

「天使……快把天使交出來！」

「天使……是屬於我們的……！」

「咿嘻！咿嘻嘻嘻嘻……！」

「這、這是什麼鬼啊!?」

葛倫被這群明顯失去理智的學生嚇得瞠目結舌，把魯米亞護在自己身後。

這些學生的眼裡──只有魯米亞。

「果然嗎……魯米亞同學所噴發出的史上最強超級桃花氣場，就像海嘯般淹沒了學院，不斷大量外洩。現在就算她躲起來，那些為愛瘋狂的人們似乎也可以透過本能，探知出魯米亞同學的所在位置……」

奧威爾一副可以接受的模樣，雙手盤在胸前猛點頭。

「呼！愛情實在好可怕啊！」

「不要鬧了——！搞成這樣到底要怎麼辦啊!?」

男學生們以喪屍般的動作逐步逼近，護著魯米亞的葛倫只能慢慢往後倒退。

「照、照這狀況看來，魯米亞要是被他們逮住，接下來肯定會發生限制級的劇情吧!?」

「唔……年輕人的衝動真可怕！我馬上著手製作『反桃花藥』！葛倫老師你帶著魯米亞同學快點逃吧！在我調製出解藥前，你千萬要撐住！」

「「「咿呀啊啊啊啊啊！」」」

奧威爾喊話的同時，男學生們一舉撲向了魯米亞——

「啊啊啊啊啊夠了！為什麼我會碰上這種麻煩啊啊啊啊啊——!?」

「呀!?」

葛倫用公主抱的方式一把抱起了魯米亞，閃過蜂擁而來的男學生，拔腿衝出研究室後，在走廊高速飛奔。

「嗚喔喔喔喔喔喔喔喔喔喔喔喔喔喔喔喔喔喔喔喔喔喔喔喔喔——!?」

葛倫抱著魯米亞，如一陣疾風般在走廊上奔馳。

至於兩人的背後……

「天使啊啊啊啊啊啊——！」

「交出來——！快點交出來——！」

「啊啊啊啊啊啊啊啊啊啊——！」

咚咚咚咚咚咚——！

只見一大群學生像雪崩一樣緊追在後，當中有男有女。

光是魯米亞出現在附近，所有學生就被她散發的超級桃花氣場吸引，如愛情的奴隸般開始追求魯米亞的愛，追蹤者數量有如滾雪球似地不斷膨脹。

「完蛋了！這下真的完蛋了！對方是學生，我也狠不下心以粗暴的手段對付他們啊！」

「老、老師……」

連向來勇敢堅強的魯米亞似乎也對這個狀況感到有些害怕，緊緊地依著葛倫。

「老師！把魯米亞交出來——！」

「魯米亞是我的！」

「才不是呢！魯米亞是屬於本小姐的！局外人都請退下吧！」

「喂，你們瘋了嗎!?」

回頭一看，只見連卡修、基伯爾、溫蒂等葛倫班上的學生，也在後方那群追蹤者之中。

「葛倫・雷達斯！以魯米亞・汀謝爾的擁有權為賭注，和我堂堂正正地決鬥吧——！」

「怎麼連哈什麼的前輩也中招了!?」

……這種藥的威力實在太恐怖了。

「可惡，怎麼辦!?再不想辦法的話——」

葛倫拐進了走廊的轉角，這時——

「葛倫老師！這邊！」

他發現有一名女性在前方向他招手。

她是在學院醫務室駐診的法醫師——瑟希莉亞老師。

「快躲到這個房間！裡面設有驅散閒雜人等的結界！」

「抱歉！幫大忙了！」

葛倫和魯米亞在瑟希莉亞的誘導下逃進了醫務室。

「「「不要跑——————！」」」

愛情的奴隸們沒有發現他們躲進了醫務室，直接路過房門。

「得、得救了……」

「謝謝妳，瑟希莉亞老師……」

好不容易逃出困境，葛倫和魯米亞都鬆了一口氣。

「空氣中瀰漫著一股會擾亂人情慾的魔力波動，所以我大概猜得出來發生了什麼狀況……你們兩位剛才都陷入一場災難了，對吧？」

「是啊。不過，真不愧是瑟希莉亞老師，『超級桃花藥』對妳沒有效果呢……太好了。」

「啊哈哈，我好歹也是這所學院的法醫師……是專門解決這方面問題的專家呀。」

瑟希莉亞笑咪咪地回應葛倫後，旋即露出嚴肅的表情繼續說道：

「言歸正傳，葛倫老師。這個房間的結界只是臨時設置的。如果不補強的話，外面的人遲早會發現魯米亞同學躲在這裡。」

「……這樣啊。」

「所以……雖然提出這個要求很不好意思，可是能夠麻煩葛倫老師到房外把結界補強得更牢固一點嗎……？」

「小事一樁。」

葛倫二話不說答應了瑟希莉亞的提議。

「……魯米亞，妳暫時在這裡乖乖躲好喔？」

「好、好的……請老師小心安全……」

於是，葛倫立刻走出醫務室，準備補強結界……

（唉……為什麼事情會變成這樣呢……？）

魯米亞留在靜悄悄的醫務室裡，忍不住嘆了口氣。

啾……

「咦？瑟、瑟希莉亞老師……？」

這時，瑟希莉亞突然從後面環抱住魯米亞。

「沒事的，魯米亞同學……」

瑟希莉亞呼出的氣莫名炙熱，而且距離十分接近。

「不用擔心……我會陪在妳身旁……直到我的生命燃燒殆盡為止。」

「那、那個……瑟希莉亞老師……？」

這實在不像是鼓勵的擁抱。好像有哪裡怪怪的。

瑟希莉亞變得很不安分，緩緩地把手伸進魯米亞的胸部和裙子裡東摸西摸，而且還用嘴唇輕輕啄了魯米亞的後頸好幾下……

「魯米亞同學……魯米亞同學……」

瑟希莉亞露出苦悶的表情，把魯米亞摟得更緊了……

「不、不、不好意思！瑟、瑟希莉亞老師……該不會……連妳也被那個藥迷昏了……？」

「咦？呵呵，請放心吧，魯米亞同學。我沒有被迷昏……那種藥怎麼可能會對我這個法醫師有效呢……先不提那個了，魯米亞同學……我想和妳生小孩，在我的壽命走到盡頭前……」

「明明就被迷得神魂顛倒的嘛!?」

魯米亞驚惶失措，臉上掛著乾笑。

「葛倫老師，不好了！瑟希莉亞老師她……」

魯米亞慌張地試圖掙脫瑟希莉亞的糾纏逃跑，可是體弱多病的瑟希莉亞力氣大得驚人，魯米亞不但無法掙脫，還被她推倒在床上。瑟希莉亞用迷濛的雙眼，注視著被她壓在下面的魯米亞……

「啊、啊哇哇哇……瑟、瑟希莉亞老師……請、請妳保持理智……！」

「啊啊……魯米亞同學……妳有聽見嗎……？我的心跳好劇烈……感覺心臟快炸開了……身體變得……好燙……！彷彿隨時都快爆炸了一樣……嗯啊啊啊啊啊啊——！」

然後——

「好！結界的強化完成了！應該可以撐上好一段時間吧——」

葛倫志氣昂揚地走回醫務室之後——

首先映入他眼簾的，是血跡斑斑的病床、體力用盡的瑟希莉亞，還有抱起她的魯米亞。

兩個美女渾身是血地相擁，那幅畫面看起來是如此悖德、褻瀆且淫靡——

「發生了什麼事情啊啊啊啊啊啊啊啊啊啊啊啊啊啊——!?」

葛倫看了只能翻著白眼慘叫。

「那、那個……瑟希莉亞老師她……好像是因為太興奮的關係……所以噴了一大堆鼻血，吐血昏了過去……呃……」

「咦!?這表示瑟希莉亞老師也抵抗不了這種藥嗎!?真的太可怕了吧!?」

葛倫不禁頭皮發麻。

這時——

咚磅磅磅磅磅!

「「「原來天使躲在這裡嗎————!」」」

醫務室的門被踹破,一大群學生湧了進來。

「嗄!?這怎麼可能!?結界應該是完美無缺的啊——!?」

「「「只要有愛,就不是問題!」」」

「這都是什麼鬼啊!?吼,魯米亞!跟我來,要逃囉!」

「是、是的!」

葛倫抱起魯米亞,踹破房間的玻璃窗,逃出了醫務室——

「「「不要跑————!」」」

愛情的奴隸們鍥而不捨地緊追在後……

「呼……呼……!」

「老、老師……!?」

不知道過了多久。

為了擺脫愛情的奴隸們，葛倫抱著魯米亞在校園內東奔西跑。

「天殺的！這群死纏爛打的傢伙！你們都不會累嗎!?呼、呼、呼……！」

「「「只要有愛，就不是問題！」」」

「愛有這麼萬能嗎!?」

和喘得上氣不接下氣的葛倫相反，愛情的奴隸們絲毫不見疲態。

「可惡……咳咳……再這樣下去遲早會被逮到……！」

「老師！已經夠了！不要再跑了！」

看到葛倫因為氧氣不足臉色發青的模樣，魯米亞露出充滿決心的表情，努力呼籲他放棄。

「再跑下去的話，老師你會……！所以別再管我了……」

「我才不要，笨蛋！」

葛倫大聲喝斥了魯米亞。

「把特級的上等肉白白奉送給一群野狗，只會讓自己陷入罪惡感而已，這種事情打死我也做不出來！追根究柢我也有錯，妳安靜地讓我保護就對了！」

「……老師……對不起……」

話雖如此——

（繼續這樣下去，後果真的會不堪設想。）

面對完全無計可施的現狀，葛倫感到焦慮不已，這時——

「「「在這裡——！」」」

「不會吧!?」

就連前方也有愛情的奴隸們如海嘯般洶湧而至……

被前後包夾了。

「糟了!?怎麼辦!?這下到底還能怎麼辦啊!?」

萬事休矣。葛倫全身冷汗直流……就在這個時候——

「《不許動》！」

嗶嘰嘰嘰嘰嘰嘰嘰！

「「「什麼——！」」」

無數的魔力光突然在地面上往四面八方奔竄後互相交織，轉眼間形成了巨大的魔術法陣，踏到法陣的愛情奴隸們紛紛變得跟石像一樣僵硬，頓時停下動作。

只憑一句咒文，就限制住這麼多人的行動——這所學院從上到下只有一個人有這種能耐。

「瑟莉卡!?」

「唷，葛倫。你好像被捲入了什麼奇怪的災難之中呢。」

一名金髮紅眼的妖豔美女，從容不迫地出現在葛倫和魯米亞面前……她正是瑟莉卡・阿爾佛聶亞。

「我剛才已經從奧威爾那裡聽說大致上的情況了。呵……既然我來了，你們可以放心了。」

「噢……原來妳沒受到影響啊……太好了……」

葛倫鬆了一口氣。

「喂喂喂，別小看我啊，葛倫。我可是世界知名的第七階級魔術師喔？那種程度的藥，怎麼可能會對我起作用啊？」

「啊哈哈哈！說得也是！」

「啊哈哈哈哈哈！」

葛倫和瑟莉卡相視而笑。

現場的氣氛也跟著放鬆了下來，可是……

「……話說回來，我有個問題想請教偉大的師父。」

「什麼問題？葛倫。」

「請問……妳為什麼要靠魯米亞那麼近呢？」

「呃……阿爾佛聶亞教授？」

仔細一瞧。

瑟莉卡緊貼著魯米亞，站在她身旁。

「妳、妳和她會不會站得有點太靠近了呢？稍微拉開一點距離比較好吧……」

「……………………」

葛倫表情僵硬地提出質疑後，瑟莉卡突然噤口不語。

「那、那個……呃……不好意思喔……」

魯米亞面露苦笑，打算和瑟莉卡保持距離，然而……

只見瑟莉卡兩眼發直，一把抓住了魯米亞的上手臂。

看到瑟莉卡那不尋常的模樣……

「……喂。妳該不會……？」

葛倫產生了猛烈的不祥預感。

「對了，魯米亞。我有個唐突的要求……」

「什、什麼事呢？阿爾佛聶亞教授……？」

魯米亞戰戰兢兢地詢問笑容滿面的瑟莉卡……

「妳……要不要成為我的人呢？」

「第七階級————————————————!?」

令人難以接受的事實，讓葛倫不禁抱頭仰天長嘯。

「妳分明被那個藥徹底洗腦了啊!?笨蛋！快點給我清醒過來啦!?」

「你說什麼!?我可是名震全世界的第七階級魔術師，怎麼可能會被這種程度的藥影響？給我差不多一點！……啊，魯米亞，我好愛妳喔～♪」

「啊、啊哈哈……」

魯米亞甚至已經沒有氣力，抵抗用力抱緊她的瑟莉卡了。

「嗚……頭痛了！雖然我是如此深愛著魯米亞……可是我已經有葛倫了……我到底該選擇哪一個才好……啊，我想到一個好方法了！魯米亞，妳嫁給葛倫吧！如此一來，葛倫和妳就都是我的了！耶～！」

「不要把事情弄得愈來愈複雜了，第七階級！拜託別再異想天開了!?」

就在葛倫和瑟莉卡進行著這段愚蠢的對話時……

「「「「喝啊啊啊啊啊啊啊！」」」」

啪鏘鏘鏘鏘鏘！

被瑟莉卡的魔術奪走行動能力的學生們用氣魄突破了拘束，再次如海嘯般從四面八方一擁而上——

「呀啊啊啊啊啊——!?不會吧!?你們是怎麼破解瑟莉卡的魔術啊!?」

「「「「只要有愛，就不是問題！」」」」

「愛也太萬能了吧!?」

不僅如此——

「慢著！魯米亞是我們的！」

「誰敢礙事，我就幹掉誰！」

西絲蒂娜和梨潔兒也狂奔而來——

「只要有愛，就不是問題！」

「什麼!?這怎麼可能!?明明【沉睡之音】讓妳們睡得那麼熟了——!?」

「嗯！愛！」

「好啦好啦好啦好啦！開口閉口都是愛！我知道了啦！你們不要以為什麼事情都能用愛一個字解決喔，笨蛋——！」

就這樣——

「哼！是哪個大笨蛋想從我手中奪走魯米亞的？」

「我不會把魯米亞讓給任何人的，就算是阿爾佛聶亞教授也一樣！」

「嗯！絕對不讓！」

「「「「小魯米亞是我們男生的————！」」」」

「「「「胡說！她是我們女生的————————！」」」」

「既然如此——」

「只好用那個方式決定誰有資格獲得魯米亞了——」

「「「「「「開戰啦！」」」」」」

一切都是因為愛。

一切都奉獻給愛。

「……隨便你們了。」

一群為愛瘋狂的人當著葛倫和魯米亞的面，掀起了一場大亂鬥。

現場充斥著無數的閃電、狂風、衝擊波，彷彿世界末日——諸神的黃昏再次降臨。

「這種情況要怎麼收拾啊……」

「啊哈、啊哈哈哈……」

葛倫和魯米亞只能露出呆滯的神情，茫然地眺望著眼前的混沌。

這時——

「呼……葛倫老師，讓你久等了。」

奧威爾悠然自得地來到了現場。

「『反桃花藥』已經完成了。」

「終於嗎！也太慢了吧！快點把那個藥用在魯米亞身──」

葛倫伸手想拿走奧威爾手上的藥劑。

「嗯？你誤會了。坦白說，目前沒有解藥可以中和潑灑在魯米亞同學身上的藥水。」

「……啥？」

聽到奧威爾的說法，葛倫愣住了。

「不過你不用擔心，葛倫老師。魯米亞同學身上的桃花藥會隨著時間經過自然失效。現在我所製作出來的『反桃花藥』，作用是幫助那些被魯米亞同學的超級桃花氣場吸引的人恢復理智……沒錯，這個藥必須使用在那些人身上。」

奧威爾指著那些早已徹底失心瘋，打得昏天暗地的傢伙們說道。

「你傻了嗎！那麼一大群人，而且又打成一團，到底要怎麼投藥啊!?不用想也知道是不可能的任務吧！」

「不用擔心，我怎麼會顧此失彼呢，葛倫老師！一口氣投藥給一大群人的方法，我當然也準備好了──！」

「搞、搞什麼啊……不要嚇我啦……既然你已經準備好對策，那就快點投藥吧。」

「嗯。」

於是，奧威爾從懷裡掏出一個有導火線的球狀物體，然後用打火機幫導火線點火。

咻咻咻……

燃燒的導火線隨著咻咻作響的聲音漸漸縮短……

看到那幅令人心驚膽戰的畫面，葛倫忍不住開口問道：

「喂……有件事我姑且跟你確認一下。」

「怎麼了？」

「我突然有種很強烈的不祥預感……你到底打算用什麼方式幫在場的所有人投『反桃花藥』？」

「這還用問嗎？」

奧威爾面露冷靜的笑容回答。

「呼……當然是引爆我特製的魔導炸彈，透過爆炸的威力，一口氣把藥散布到全校！還有比這個效率更高的最佳解嗎？呀哈哈哈哈哈哈哈哈哈哈哈哈哈哈哈哈哈哈哈——！」

「…………」

「…………」

葛倫和魯米亞臉色一沉，默默不語……

半晌——

「我就知道，搞屁啊啊啊啊啊啊啊啊啊啊啊啊啊啊啊啊啊啊啊啊啊啊啊啊啊啊——！」

葛倫自靈魂深處發出大喊的同時——

鏗！

咚轟轟轟轟轟轟轟轟轟轟轟轟轟轟轟轟轟轟轟轟轟轟轟轟轟！

奧威爾的炸彈引發了大爆炸。

在場所有人無一倖免，全都被猛烈的衝擊波颳飛了——

——然後。

等爆炸平息下來之後。

「啊哈、啊哈哈……簡直是災難片的現場呢……」

毫髮無傷的魯米亞滿頭大汗、面容僵硬。幸好葛倫搶在炸彈引爆前一秒為魯米亞施放了【力量護盾】，她才得以逃過一劫。

呈現在她眼前的——是一幅屍橫遍野的景象。

「嗚、嗯……」

「草莓塔……好好吃……」

「可惡……我受夠了……我以後絕對不要再跟那個變態……有任何牽連……唔……」

「嗯喵嗯喵……葛倫，恭喜你結婚了……媽媽好開心……」

只見所有人都被燒成焦炭，像疊羅漢一樣疊在一起，暈了過去。

「呼……要不是有我特製的『魔導護罩』，早就當場死亡了……」

毫髮無傷的奧威爾面露意味不明的得意表情，像是在耍帥般，全身肢體擺出歪七扭八的奇怪姿勢。

「無論如何！魯米亞同學的『超級桃花藥』時間到就會自行失效！而且，那些騷擾魯米亞同學的人全部都被殲滅了！也就是說，問題已經順利解決了！呼哈哈哈哈哈哈哈哈哈哈哈哈哈哈哈哈哈哈——！」

這真的能算是問題解決了嗎……？

「那個……休薩教授……我可以請教一個問題嗎？」

儘管心中對奧威爾的說法充滿了狐疑，可是忍不住好奇心的魯米亞，還是向奧威爾問了她在這次的事件中，百思不得其解的一件事。

「為什麼『超級桃花藥』會對葛倫老師沒有效果呢？明明不分男女，其他人都受到了影響……」

「唔……」

奧威爾先是左顧右盼，接著開口說道：

「好吧，現在說出來應該也沒有關係。魯米亞同學。其實呢……那個『超級桃花藥』對於特定對象是沒有效的。」

「特定對象……嗎？」

魯米亞微微歪著頭。

「沒錯。魔術理論上，超級桃花氣場——亦即擁有特殊波長、會誘發戀愛感情的魔力波，會依附在無意識的『對人情感』朝四周放射。換句話說，超級桃花氣場無法作用在使用者所意識的對象上。」

「意識的對象……？」

魯米亞慢慢反芻那句話。

「啊、啊嗚……那、那、那意思該不會是……!?」

魯米亞的臉蛋慢慢染紅，整張臉紅得像剛煮熟的蝦子。

這個驚愕的事實，令向來冷靜的魯米亞也不禁慌亂不知所措。

「那、那個……！休薩教授！這件事拜託你務必保密……」

「呼……我當然不會說出去。別看我這樣，其實我口風很緊的。我才不會做出那麼煞風景的事呢。我願意向敬愛的女王陛下發誓。」

「啊哈哈……謝、謝謝教授……」

「呼，青春真好。戀愛吧，少女。身為人生的前輩，我會為妳加油。」

奧威爾擺出一副酷到不能再酷的表情準備離開，白袍隨著他轉身的動作隨風翻飛，這時……

「別想跑，你這白痴————！」

此時才剛復活的葛倫使出助跑飛踢，一腳踹飛了奧威爾。

「你這變態大師！」

「請你想正常一點的方法吧！」

「追根究柢，整件事情的罪魁禍首又是你這傢伙——！」

「今天絕對饒不了你！」

「大家把他包圍起來——！」

「嗯！砍了你！」

陸續復活的學生們也紛紛殺向奧威爾——

「你、你們先別激動！我這麼做都是為了帝國的未呀啊啊啊啊啊啊啊啊啊啊啊——！」

奧威爾束手無策，瞬間就被一群暴徒淹沒，被修理得鼻青臉腫……

「啊哈哈哈！哎呀，奧威爾，有你的！連我都被你擺了一道！真的太有趣了，下次也要帶給我驚喜喔！啊哈哈哈哈哈哈哈——！」

瑟莉卡似乎被戳中了笑點，唯獨她沒有加入暴徒的行列，反而還捧腹大笑，大力讚賞奧威爾。

不久——

「……真受不了。」

總算消除了心頭之恨的葛倫離開了圍毆奧威爾的暴徒，回到魯米亞身邊。

「……抱歉，害妳被捲進了莫名其妙的事件之中……」

「啊、啊哈哈……」

魯米亞向愧疚地搔著頭、不敢正眼看她的葛倫回以苦笑。

「不過……」

「嗯？怎麼了？」

「雖然這次的騷動很驚人……不過，對我來說也是重新審視內心的機會。」

「……嗄？那是什麼意思？」

相對於一臉神清氣爽的魯米亞，葛倫則是目瞪口呆。

魯米亞定睛直視著葛倫……最後開心地輕聲笑了。

「老師，今後也請你多多指教囉。」

「噢、噢……？雖然不太懂是怎麼了，不過算了，若妳不嫌棄我的話……」

看到葛倫充滿困惑的模樣，魯米亞的臉上漾著溫和的喜色。

順帶一提。

騷動結束後，魯米亞盡心盡力為每一位被炸彈炸得遍體鱗傷的學生細心醫治，也因此加深她在學生心目中的聖天使形象，愈發受到崇拜……

不過，這又是另一段故事了。

室長大人的憂鬱

Melancholy of Eve Ignight

Memory records of bastard magic instructor

從阿爾扎諾帝國魔術學院所在的學術都市菲傑德搭乘馬車，約四天可以抵達阿爾扎諾帝國的首都——帝都奧蘭多。

郊區矗立著由五座拔地而起的高聳巨塔所組成的建築物。

人稱《業魔之塔》的這個地方，正是帝國宮廷魔導士團的總部。

『不要因為力量迷失自我。切記，過於強大的力量終有一天會為汝招來滅亡』——帝國宮廷魔導士團的創設者兼初代團長曾經留下這句警世格言，業魔之塔這個名字就是斟酌這句格言的含意，帶著警惕的意味而命名的。

今天，總部召開了每個月都會定期進行的室長會議——

「真是的！你們真的很沒用耶！」

一如既往地，一道尖銳的聲音響徹了會議室。

聲音的主人是有一頭火焰般的美麗紅髮，未滿二十歲的少女。

和那頭看似火熱的紅髮相反，少女有一張冷冰冰、不苟言笑的臉——這兩個相互矛盾的屬性和那女武神般的美貌相輔相成，醞釀出一股超凡脫俗的氣質。

伊芙・依庫奈特。這名少女是帝國宮廷魔導士團特務分室室長，同時也是執行官代號1《魔術師》。

「你們一群人好歹也名列中央十室，為什麼連這種程度的案件也處理不來呀？真是的！」

氣得七竅生煙的伊芙「碰！」的一聲，雙手用力拍打桌子站起來後，出席會議的其他部門的室長和副室長們全都露出滿腹無奈的模樣，吞吞吐吐地解釋原因：

「問、問題是……伊芙閣下。我們這邊也有很多難言之隱……」

「是、是啊是啊，這是非常重要的案件，需要強大的專業知識和判斷能力。」

「我們也不方便獨斷展開行動……」

「啊啊啊啊夠了！所以我才受不了光說不練的傢伙——————！」

室長們被第二次的拍桌聲嚇得發抖。

「怎麼會無能成這樣!?你們好歹也是率領一室的室長吧!?身為領導人，連這種程度的事情都不敢負責任下判斷，到底有什麼用!?現場的魔導士性命都掌握在你們的手中耶!?你們這麼懦弱，也配稱作宮廷魔導士嗎？這裡可不是新人魔導兵的遊樂場喔！知道嗎!?」

即便被伊芙罵得狗血淋頭，駑鈍的室長們也不敢吭聲。

「嗚，真頭痛……魔藥的擴散情況已經變得這麼嚴重了……看來只能重新編制隊伍……新的指揮系統則由……啊啊，算了！這件案子由我們特務分室負責處理！好，下一個案件！」

「啊，是的……其、其實呢……我們部門手上有個要同時查扣違法魔導器的案件……希望特務分室務必提供協助……」

「又來了……？為什麼每次都要我們派人支援你的部門啊……!?」

「咿!?」

伊芙露出一副連鬼也會被嚇死的模樣怒瞪，室長不禁嚇得屁滾尿流。

這時——

「嗨，不好意思！我遲到啦，伊芙！」

一個高調且充滿熱情的男子，帶著十分燦爛的笑容走進了會議室。

「噢噢……!?」

「鬼之戰鬥專門部門，第一室室長，庫朗・歐嘉姆閣下……!?」

「竟敢在伊芙室長主持的會議遲到……真是不要命了……」

只見庫朗大搖大擺地穿過譁然的會議室，光明磊落地在自己的位子坐下，看來這男人——

庫朗與其說是作風豪邁，不如說是不懂得察言觀色。

「……你、你終於來了。所以呢？庫朗……那個案件的戰果如何？」

太陽穴爆出青筋的伊芙按捺著怒火問道。

「那還用說嗎！當然搞定了！那群恐怖分子被我們第一室修理得不成人形。輕鬆獲勝！」

「……哼。辛苦了。也是，那種程度的案件，應該難不倒你們……」

「啊，話說回來，伊芙。有件事我想跟妳商量一下……」

「……怎麼了？」

伊芙反問道，她心裡產生了非常不祥的預感。

「就是啊~那個擊潰恐怖分子的行動，原本應該是不能讓人知道的機密作戰，對吧？」

「是呀。」

「可是呢~難得可以大幹一場，我們第一室的人員都興奮過頭……所以下手的時候有一點……或者應該說相當……或者應該說非常……或者應該說超級……或者應該說轟轟烈烈地幹了一票……總之全都被市民們知道了，現在不管掰什麼藉口都隱瞞不了啦！」

「…………………」

庫朗向眼神冷若冰霜的伊芙露出爽朗的笑容說道：

「善後處理的工作，就麻煩特務分──」

「《去死吧》！」

「奴哇──!!」

庫朗被伊芙釋放的猛烈火焰吞噬，瞬間變成了火人。

「你們這些傢伙不要一直、一直增加我的工作負擔啦！」

「呀——！好燙!?會死、我快被燒死了——！」

就這樣——

「這是怎麼一回事!?」

碰！

幾天後，特務分室在自己的會議室召開了室內緊急會議。

伊芙的大吼和拍桌聲早已形同特務分室的特色，一如既往地響徹了會議室。

會議室中央擺了一張圓桌，列席的人除了伊芙以外，還有特務分室的固定成員。

阿爾貝特、巴奈德、克里斯多福以及湊巧回總部報告的梨潔兒。

伊芙露出煩躁不已的眼神瞪著這些部下，以尖銳刺耳的聲音，氣急敗壞地嚷著：

「怎麼會忙成這樣！工作也太多了！會不會太誇張了呀!?」

「哎，畢竟咱們就好比宮廷魔導士團的殺手鐧嘛~工作會多也是理所當然囉~」

人高馬大的老人巴奈德，事不關己地咕噥。

「追根究柢，為什麼今天的會議出席的人這麼少!?不是事先就通知了嗎!?」

「特務分室的其他人都接獲密令，在菲傑德各地獨自進行任務。」

給人的感覺就像老鷹般銳利的青年阿爾貝特，冷冷地回答。

「嚴格說來，自從一年前被賈提斯背刺後，我們特務分室就少了很多人呢……」

有著女孩般面孔的陰柔美少年克里斯多福，也帶著哀悼之意說道。

「……葛倫也離職了。」

兼具了無氣力、無感情、無表情三種特色，簡直跟人偶一樣的少女梨潔兒，突然想起來似地喃喃說道。

她手上拿著草莓塔。從剛才她就像隻松鼠般啃著草莓塔，心思根本沒有放在會議上。

「啊啊啊啊我快瘋了！工作量這麼大，我們的人手怎麼可能負荷得了！到底要等到什麼時候才會加派人力支援呀!?上頭到底在做什麼!?人力本來就很吃緊了，還要處理這麼多工作，而且室長還得背負沉重的責任……就算我有三頭六臂也忙不完啦！」

見狀——

「呵……阿爾老弟、克里老弟，你們看。」

巴奈德指著歇斯底里地抱著頭不停吶喊的伊芙，豎起大拇指得意洋洋地笑了。

「一旦背負了責任，想混水摸魚也沒辦法……現在你們明白了吧？所以老夫才不想出人頭地哪！」

「別以為我沒聽到你在說什麼！你這萬年十騎長！」

只要巴奈德有那份企圖心，千騎長、萬騎長這種高階軍官的位置垂手可得，可是他為了堅守留在十騎長階級的原則，不惜屢屢違反軍規，甚至把自己的戰功讓給他人。

「我實在不懂，伊芙。到底有什麼好不滿的？我們說穿了就是齒輪。只要忠實地服從上頭的指令，以柔軟的思考隨機應變，盡己所能拿出最大的成果……這就是對組織最好的貢獻。當中不存在私人的因素或負擔……」

「工作狂給我閉嘴！」

阿爾貝特經常一次處理多樣案件，即使工作再忙也從來不曾喊累，而且成績無可挑剔，其他團員都很懷疑他到底有沒有時間睡覺。

「啊啊，我實在受夠你們這兩個極端的傢伙了～～！」

「好了好了，伊芙小姐，先不要那麼激動……太過歇斯底里的話，永遠不會有男性敢接近妳，妳會單身一輩子的喔？」

克里斯多福如此說道，臉上掛著由衷為伊芙擔心的表情。

「嗯……這個妳拿去吃吧，打起精神。」

梨潔兒從草莓塔的邊緣撕了很小一塊、簡直跟餅乾屑沒兩樣的碎片遞給伊芙。

受到單純二人組的無心煽動，伊芙的太陽穴忍不住爆出青筋，不停抽動。

「算、算了……總而言之，考慮到目前特務分室所面臨的困境，再加上你們這副樣子，所以我決定動用室長的權限，為特務分室招募新血……！」

「「「「!?」」」」

伊芙做出意外的宣言，眾人的目光全都聚集在她身上。

「哼！坦白說……我已經向人事部通報，以一般的宮廷魔導士、各方面的軍隊以及知名魔術公會為對象，募集有意加入特務分室的志士了……你們都要幫忙一起選拔……！」

——總之，因為這個緣故。

以伊芙為首，個性和特質都大不相同的特務分室五人組，面對了堆積如山的資料。

「這些……該不會都是報名者的履歷表和魔術適性評價表吧？」

巴奈德啞口無言。

「……竟然會想加入這種部門，真是一群奇怪的傢伙。」

「容我提醒你們，特務分室可是帝國宮廷魔導士團最強的實戰部隊喔？能加入特務分室，可說是魔導士的最高榮譽……雖然你們幾個好像沒有自覺。」

伊芙雙手盤在胸前，冷冷地吐槽了輕聲嘀咕的阿爾貝特。

「啊～伊芙妹妹。老夫明白妳的心情……可是無視上頭的意思，自行招聘新血的話……」

「基本上，我不認為透過這種不嚴謹的方式，可以找到有能力執行我們的任務的人才。」

「那當然，我也不指望能馬上找到即戰力。」

伊芙用鼻子發出悶哼，撩起頭髮說道。

「選拔進來的人才，一開始的身分會是實習生或暫時室員。不會立刻分發代號。」

隸屬特務分室的魔導士，都會獲得一個代號做為特定名稱。例如伊芙是代號1《魔術師》，阿爾貝特則是代號17《星星》，諸如此類。

「不過，在累積一定經驗和成績後，如果實力不錯，我會看情況向上面推薦，考慮分發代號給那個人……葛倫和梨潔兒當初不也是如此嗎？」

「唔？要這麼說好像也沒錯……」

「所以，教育新人的工作就交給你了，巴奈德。就像葛倫加入的時候一樣，三個月就要讓新人可以站上第一線。知道了嗎？」

「嗚啊啊啊啊啊——!?太麻煩了吧!?話說回來，除了葛老弟以外，還有人能咬牙撐過那個特訓嗎……?」

「我怎麼知道。總而言之，現在我們先各自審查這些文件，看看能否從砂礫中撿到珍珠吧。」

於是，特務分室的室員們首先展開了資料審查——

「…………」

有好一段時間，會議室內只聽得見翻動紙張的聲音。

大家都面無表情地審查一份又一份的文件。

不過——

「唉~~」

雙腿交疊擱在桌上的伊芙，突然停止翻閱文件的動作，露骨地長長嘆了一口氣。

（……我果然把事情想得太簡單了。幾乎沒有可以用的人。這水準也太低了吧……盡是一群庸才……）

伊芙把文件丟在桌上。

如果以一般的要求來看，讓伊芙看得頻頻嘆氣的那些文件上的魔導士和魔術師，他們的各項能力水準都很高，算是頗為出色的人才……可是仍遠不及特務分室所要求的標準。

不僅如此……

（姑且不論其他部門的標準，光是『頗為出色』對我們來說是不夠的。）

畢竟特務分室這個部門專門處理魔術相關的各種案件。

（必須是像我和阿爾貝特一樣，『全方位都很頂尖』十項全能的高手，或者是像葛倫和梨潔兒一樣，『其中某一項能力特別突出』的變化球……除此之外都派不上用場。）

在調兵遣將時，必須視任務和狀況，才能決定適合的棋子。所以沒有特色的棋子在棋盤上無法占有一席之地……說穿了就是這麼一回事。

（哼。哎，其實我也知道這種人才不可多得。所以上面才會遲遲沒有加派人手補充戰力吧……）

伊芙決定暫時放下資料審查的工作歇息。

（那麼……其他人的進展如何……？有找到不錯的人才嗎……？）

伊芙默不作聲地偷偷觀察其他人的情況。

只見……

「唔姆唔姆……」

巴奈德以非常驚人的翻頁速度審閱文件。

（等等……翻得那麼快，真的有辦法好好判斷人才的能力嗎!?）

就在伊芙吃驚得說不出話的時候……

「……採用……唔，這個也採用……採用……這個也採用好了。」

表情嚴肅的巴奈德一一篩選出有望加入特務分室的報名者，把資料另外放在一旁。

「咯咯咯……優秀的人才俯拾皆是嘛……噢，伊芙妹妹，那一堆文件都是被妳剔除掉的人選嗎？」

「嗯、嗯嗯……是啊……」

「唔，拿來給老夫瞧瞧。」

巴奈德接手另一疊文件後，繼續快速翻頁瀏覽……

「喔，這個採用……採用。」

只見他老練地逐一挑選出符合要求的人選……

（不、不愧是巴奈德……）

伊芙露出既佩服又充滿了驚訝的眼神，觀望著巴奈德篩選人才。

巴奈德確實有識人之明，這是無庸置疑的。四年前，把伊芙以及高層認為『派不上用場』而踢掉的葛倫重新撿回來的人，正是巴奈德。

（他肯定能看到我看不見的特質吧……）

伊芙被勾起了興趣，拿起經過巴奈德審核過關的資料一看。

（這些人到底隱藏了什麼才能和能力……？）

伊芙仔細地逐一審視入選者的資料。

……然而——

（……嗯？……奇怪？）

就那些入選者的資料看來……每個都是平凡無奇的庸才。

而且這些人看起來也不像葛倫一樣，擁有格外極端的固有魔術。

不管怎麼看，明顯是『派不上用場的棋子』。

「嗚呼呼！這個也採用！嗯，整體而言，大家的水準都很高哪！」

可是，巴奈德卻持續把乍看之下不成戰力的人才列入候補名單。

（什、什麼……？這是怎麼回事……？巴奈德到底看見了什麼——!?）

巴奈德拔擢人才的眼光，讓伊芙不禁肅然起敬——

「…………」

可是，不久之後伊芙發現了一件事。

通過巴奈德審核的那些履歷表……上面的大頭照有一個共同點。

那就是——

「……請問，巴奈德。你……從剛才是不是只挑『年輕又可愛的女孩子』？」

伊芙用不屑的眼神提出質疑後——

「………………」

巴奈德瞬間安靜下來，停止了翻文件的動作。

答案已經顯而易見。

「我說呀！請你不要用私心挑選好嗎!?重點是能力、能力——！」

「哎，可是……這應該不難理解吧？加入特務分室後，每天都要接受嚴格的訓練……即使一開始懷抱崇高又剛正的使命感，久而久之也會感到灰心……」

巴奈德面露陶醉的表情，抬頭看著上方。

「就在這個時候，嚴厲的教官給了這樣的可愛少女們溫柔的擁抱，為她們加油打氣……於是她們發現平時很嚴肅的老夫，其實也有溫柔的一面……『啊啊，原來教官一直以來都默默地支持著這樣的我』……老夫就不信這樣她們還不會愛上老夫！」

「《誰管你呀》啊啊啊啊啊啊啊啊啊啊啊啊啊啊啊啊啊——!!」

「喔呀啊啊啊啊啊——!?」

伊芙發動的猛烈爆炎，擊飛了燒得焦黑的巴奈德。

「給我認真一點挑選！認真一點！都這把年紀了，給我凋零吧！你這老不修！」

「咕、咕嗚……老、老夫……一輩子都會……生龍活虎……」

突然感到不安的伊芙把氣力放盡的巴奈德丟在一旁，開始注意其他人的狀況。

「……其他人有在認真審核嗎……？」

首先是阿爾貝特。

阿爾貝特跟巴奈德明顯就不一樣，十分認真的他，以一絲不苟的眼神默默審核。

伊芙移動到阿爾貝特背後，悄悄地偷看他手上的資料。

「唔……這個男人……如果有狙擊觀測者輔助，魔術狙擊的靜物必中射程是……一千梅特拉、嗎？」

靜物必中射程一千的意思是，如果標的維持在靜止狀態，在一千梅特拉以內的距離，一定可以狙擊成功。

（哇、哇……也是有深藏不露的高手嘛！）

伊芙的眼睛瞬間為之一亮。

（這男人是難得一見的人才！各項能力整體也在水準之上！這種人才已經充分——）

就在伊芙如此心想時……

「……太弱了。」

阿爾貝特斷然剔除，把那份資料歸類在不及格。

「咦？為、為什麼……？」

伊芙忍不住露出彷彿下巴都快掉下來的表情。

「等、等一下，阿爾貝特！為什麼你踢掉了那個人選!?」

「……仔細一看就知道他唯一的長處就只有狙擊。既然如此，靜物必中射程至少也要有兩千，否則根本不夠看。」

「…………………」

伊芙啞口無言。

靜物必中射程兩千。即便找遍全世界，也沒幾個人會這種神乎其技的技術。

不過，實力比這還誇張的人，伊芙眼前就有一個。

「下一個。這個男人……最多可以同時儲存五個預唱咒文……真弱。以【穿孔閃電】而言，好歹也要達到隨時都能儲存二十個的標準才行……而且還得可以搭配雙重詠唱發動……」

「不要以你自己為基準審核啊啊啊啊啊啊啊啊啊啊啊啊啊啊啊啊啊啊啊啊——！」

伊芙拎住阿爾貝特的前襟，大聲朝他咆哮。

「為　什　麼要以你自己為基準審核呀!?拿你當門檻的話，根本沒人有資格加入特務分室呀！」

「問題是，我們的任務不是那麼簡——」

「閉嘴！」

這時——

有人輕輕地拉了拉伊芙的長袍下襬。

「欸欸，伊芙……我審完了。」

是梨潔兒。雖然她跟平常一樣面無表情，看起來很想睡覺，不過此刻她卻有些得意地挺起胸膛。

「……所以呢？」

「我找到我覺得可以成為我們戰友的人了。」

「噢、噢？這麼快？拿來讓我看……」

伊芙話還沒說完，梨潔兒搬了一疊像座小山的文件堆在伊芙面前。

「這些全部。」

「…………」

「大家都比我聰明太多了。」

「所以說，不要以自己為基準審核呀啊啊啊啊啊啊啊啊啊啊啊啊啊啊啊啊——！」

分發給梨潔兒審核的資料，絕大部分都通過了審核……不對，她恐怕連一張都沒刷掉吧。

「和妳比誰比較聰明的話，結果一定會變成這樣的呀!?」

「是嗎？……有點害羞。」

「我不是在誇獎妳！這是毫不保留的諷刺和批評——！真是夠了！為什麼你們這麼兩極呢!?一點都不可靠！」

伊芙氣到火冒三丈，血管都快爆裂了……

「哈哈哈，辛苦妳了，伊芙小姐。」

特務分室的少數良心，克里斯多福以柔和的語氣向她搭話。

「克、克里斯多福……」

「哎，請妳稍微冷靜下來吧……我相信大家都不是故意的。話說回來……」

克里斯多福遞出了幾份文件給伊芙。

「我資歷尚淺，可能還沒什麼資格挑選人才……即使如此，我還是不自量力地試著篩選出了幾名人選。」

「哦、哦……？」

接過資料的伊芙，簡單地瀏覽了一下克里斯多福所挑出的人選。

「……這些人看起來確實個個都很優秀。克里斯多福的眼光果然不錯……」

「謝謝誇獎。」

克里斯多福靦腆地笑了。

「對了，我最大力推薦的是這名人選……伊芙小姐妳覺得呢？」

「我看看。哦……嗯，這個人感覺不錯呢。」

「是吧？三十歲，這個年紀的人通常會比較沉著穩重，有大人的餘裕……而且他的家庭背景良好，收入穩定。長相也很有男子氣概，性格溫良恭儉讓。雖然出社會後官運亨通，可是他本人比較希望把重心擺在家庭上……私以為他是非常安定的優良對象。」

「……嗄？」

好像有哪裡不太對勁。自己跟克里斯多福有種在雞同鴨講的感覺。

伊芙露骨地把困惑寫在臉上，克里斯多福面露燦爛的笑容說道：

「如何？伊芙小姐。要不要實際見個面？感覺再拖下去，伊芙小姐有可能會成為剩女，我真的很擔心……」

「什麼時候變成在挑我的相親對象了呀啊啊啊啊啊啊啊啊啊啊啊啊啊啊——！」

克里斯多福的話刺痛了伊芙的心，她眼裡噙著淚水，提住克里斯多福的衣襟不斷用力搖晃。

「拜託你們，可以認真一點嗎————!?」

後來，對審核工作感到厭煩的梨潔兒，開始把履歷表摺成紙飛機，被伊芙用拳頭扣住兩邊的太陽穴，用力鑽著她的頭；拿女孩子的大頭照舉辦選美比賽的巴奈德，則被伊芙用火燒得抱頭鼠竄。在鬧得不可開交，歷經了一番折騰之後，好不容易——

「終於走到面試這個階段了呢。」

「呼……呼……總、總算到這一刻了……為什麼光是審核資料就可以搞得這麼累呢……」

伊芙費了千辛萬苦，總算把候補人選篩選到可以進行面試的階段。

到頭來，審核的工作幾乎是由伊芙一個人完成，所以她已經快要累得半死了。

現在一行人移動到了面試室。

房間中央有一張圓桌，一頭是面試者的座位，只有一張椅子，另一頭則安排了五個座位。

伊芙坐在面試者正對面的位子，阿爾貝特、梨潔兒、巴奈德、克里斯多福則分別坐在其餘四個座位上。

「總之，接下來才是重頭戲。聽好囉？等一下我們會以一對五的形式，逐一面試通過資料審核的候補人選。」

「唉……這麼大陣仗的面試，不會把人嚇跑嗎？」

「就是要嚇一嚇他們。特務分室不需要連這點程度的壓力都承受不住的人才。」

伊芙攏起頭髮，冷酷無情地說。

「對了，面試由我負責主持。室長是我，這是理所當然的吧？」

「嗚哇，我現在已經開始同情那些要面試的人了……」

「閉嘴。雖然由我主持進行，不過你們有好奇的問題也可以大方提出來……都清楚了嗎？今天來參加面試的人，都是我花了很多時間親自精挑細選出來的，個個都是一時之選。也正因為如此，我想要更深入地檢視他們的內在。讓我們一起把面試者扒個精光吧。」

「瞭解。」

「嗯。」

「好，我會做好份內的工作。」

「呼啊……怎麼這麼麻煩哪。」

阿爾貝特、梨潔兒、克里斯多福、巴奈德紛紛點頭答應。

「好。正式開始吧……克里斯多福。」

在伊芙的指示下，克里斯多福起身離席。他打開面試室的房門，請在外面排隊的面試者一號入內。

「請進。」

「失、失禮了……！」

一名戴著眼鏡，正值花樣年華的女性魔導士戰戰兢兢地走進房間。

「謝、謝謝各位今天給我這個機會前來參加面試！我是——」

當她站在椅子旁邊準備自我介紹時——

「咿咿咿咿咿咿咿咿咿咿呀啊啊啊啊啊啊啊啊啊啊啊啊啊啊——！」

咚！

梨潔兒突然跳上桌面用力一蹬，撲向了該名女性魔導士——

她的雙手握著一把高速鍊成、又長又大的大劍——

只見梨潔兒如一陣狂風暴雨般，「咻轟轟轟！」地連續揮舞了三下大劍，殘影穿過了女性魔導士身旁。

下一秒……

「啊……」

啪沙、啪沙、啪沙……

只見女性魔導士所穿著的長袍和內衣褲都被割得支離破碎，順著她的肌膚妖媚地滑落。

一絲不掛的女性魔導士茫然地呆站在原地。

「「「…………」」」

事發突然，特務分室的人根本來不及阻止，大家全都看傻了眼……

「……怎麼樣？」

梨潔兒轉身朝向室員們，平常總是面無表情、看似昏昏欲睡的她，如今沾沾自喜地挺起胸膛……

「我照伊芙要求的把她扒個精光了……誇獎我吧？」

「嗚喔喔喔喔喔喔喔喔喔喔喔喔喔喔喔喔喔——！幹得好啊，梨潔兒妹妹——！」

巴奈德毫不意外地率先表態。他一轉眼就衝到梨潔兒身旁，摸著她的頭大力誇獎。

「唔姆唔姆！妳表現得棒極了，了不起了不起了不起了不起！哎呀，真的是大飽眼福了哪！年輕女孩的肌膚滑溜得就像會發光一樣，簡直是人間極品哪！來來來，依照室長的要求，老夫得好好地深入檢視一番——」

然後，巴奈德就跟個色老頭一樣，開始色瞇瞇地瘋狂打量著女性魔導士的裸體——

「《去死吧》！」

梨潔兒和巴奈德同時被猛烈的爆壓和爆炎轟飛了。

「這是哪門子的斷章取義！還有，不要扯到我身上！不然豈不是連我都跟你們一樣變態嗎!?」

另一方面……茫然的女性魔導士在回過神後……

「呀啊啊啊啊啊啊啊啊啊啊啊啊啊啊啊啊啊啊啊——!?」

只見她尖叫連連，遮住胸部等隱私部位，哭著奪門而出。

「……自行放棄面試，不及格。」

在這場騷動中唯一處變不驚的阿爾貝特，若無其事地在評鑑表格打了個叉……

「現在是打分數的時候嗎!?」

「請伊芙小姐放心。剛才那名女性魔導士離開時，我臨時幫她施放了隱蔽結界。不用擔心會有人看到她的裸體。」

克里斯多福自始至終都維持著紳士的風範……

「問題不在那裡吧!?天呀，才第一個就這樣，我實在很不安！」

伊芙懊惱地抱頭仰天大叫。

可怕的是，她的惡夢也確實成真了。

「——以上就是我想要加入特務分室的理由。」

「哦？原來如此。」

男性魔導士滔滔不絕地暢談著自己的入室動機，伊芙只是冷靜地聆聽。

「對了，你說你擅長的魔術領域是精神支配系的『白魔術』……此外你還學會了幾個跟魔術無關的技能……如果加入特務分室，你打算如何運用這些能力？」

「是的！私以為宮廷魔導士團未來在帝國扮演的角色會愈來愈吃緊，理由有三——」

面對伊芙的尖銳問題，男性魔導士才思敏捷地做出了答覆。

「——基於以上三個理由，我相信自己一定能為特務分室的可用之兵。」

「……你說的也不無道理。」

語畢，伊芙轉頭望向特務分室最資深的男人徵詢他的意見。

「巴奈德，你覺得這個人如何？」

然而——

「不錄用。」

巴奈德卻不假思索地一口氣斷然否決。

「為、為什麼我沒有被錄用——!?」

沒想到對方連考慮都不考慮就直接打回票，男性魔導士無法接受地向巴奈德提出質疑，然而……

「男人滾邊去——！」

臉上掛著兩道血淚、神情淒厲的巴奈德，高舉不容質疑的普世真理，男性魔導士像是洩了氣的皮球，哭喪著臉離開了。

「不要鬧了～～～～！」

伊芙已經快爆炸了。

這時——

「……那個……打擾了。今天有機會受邀參加面試，實屬光榮……」

接下來換一個年紀輕輕、一眼就能迷倒眾生的美女魔導士走進了面試室。

「錄用。」

瞬間，巴奈德以敏捷的步伐，輕巧地高速移動到女性魔導士身旁。

「咦？……咦？……咦咦？」

女性魔導士一頭霧水，巴奈德自顧自地發問。

「小姐，請問芳名？」

「咦？我、我叫……卡蜜麗雅。」

「原來如此。『※我的命運掌握在你的手中（Camellia）』……好美的名字。咱們的相逢果然是命運。」

（編註：卡蜜麗雅為山茶花的音譯。「我的命運掌握在你的手中」則是山茶花的花語。）

巴奈德向女性魔導士露出笑容，洋溢著頭髮花白的熟齡男子特有的魅力與韻味，並牽起她的小手。

「……咦？」

『成熟男性』那飽經風霜磨練、愈陳愈香的魅力，讓女性魔導士忍不住臉紅心跳。

「小姐……為了帝國人民，咱們高貴凜然的特務分室就像深入無盡地獄的殉教者……前方只有一望無際的荒野……即便如此，老夫還是決心要一直走下去，直到這把骨頭化作塵土為止……這也是上天註定的命運。不過，老夫現在才知道，原來那不毛的荒野上，還是開了一朵花……」

「那、那朵花是……？」

「那朵花就是妳啊……妳就是那朵花朵，滋潤了老夫那千瘡百孔又枯竭的靈魂啊……」

「啊、啊、啊嗚……」

巴奈德從年輕時代開始就是出了名的大情聖，情竇初開的女性魔導士不敵他甜言蜜語的話術，很快就陷入意亂情迷的狀態……

「小姐……老夫這些年在等待的，或許就是跟妳相遇的這一刻吧。妳……願意加入咱們特務分室嗎？」

「好、好的……如果你不嫌棄這樣的我……請讓我成為在你身邊盛開的那朵花……」

「《不要隨便調戲女生啦》！」

伊芙這時終於回神，發射爆炎把巴奈德轟得老遠。

「咳、咳咳……妳也太殘忍了吧，伊芙妹妹，怎麼可以對已經一腳踏進棺材的老人這麼過分……」

「少囉嗦！你的精力明明就比一般年輕人還要旺盛，根本殺不死！重點是你從剛才就在偏袒女生，也未免太明顯了吧!?」

「女人才是寶——！」

只見巴奈德淌下兩道血淚，面目淒厲如惡鬼，向伊芙高舉不容質疑的普世真理——

「你也太理直氣壯了吧——！」

後來，情況仍不見好轉。

「——沒錯。我記得……那是發生在一年半前的事了。當時在埃爾托林格拉多村戰鬥的我們，見識到了真正的地獄。」

阿爾貝特向面試者侃侃而談。

「敵人是『操控死亡病魔的邪道魔術師』……他隱瞞了真實身分，潛伏在被派遣到當地的魔導士裡。那時候，整個村子形同和外界隔離的封閉空間，補給和援軍都遙遙無期，狀況令人絕望，魔導士們彼此相互猜忌，疑神疑鬼，每個人的身體無時無刻都受到死亡疾病侵蝕，被派遣到村子的魔導士和村民們的屍體愈堆愈高……感染死病而死的人屍體會全身發黑，嚴重腐爛，可怕得令人不敢卒睹……空氣中總是瀰漫著一股嗆鼻的腐臭血腥味，腐肉上爬滿了蒼蠅，牠們的無機質複眼彷彿在說『下一個就是你』。還活著的人因為發高燒，腦袋變得朦朧，根本想不出任何對策，只能白白浪費時間……就這樣在不知道誰才是敵人的情況下，來到了夜晚……會讓症狀加速惡化的死亡夜晚到來了……就在第三天的晚上……比其他人先行抵達村落，當時的執行官代號19《太陽》終於發狂，不分青紅皂白地攻擊其他村民……我只能狠下心當場殺了他——」

阿爾貝特說起故事，儘管說得輕描淡寫，可是過程描述得十分逼真，面試者聽得倒抽了一口氣，臉上逐漸發白。

「凱爾・米爾托斯……剛才你聲稱『自己無論在任何狀況下，都能保持鎮定做出冷靜的判斷』……這是真的嗎？假如今天置身在那個處境的人是你，你能不迷失自我，維持住理智，冷靜地對人命做出取捨嗎——」

「我做不到！失禮了——！」

嚇得半死的面試者立刻落荒而逃……

「哼，懦夫。真是沒用。」

阿爾貝特若無其事地在評鑑表打了個叉……

「你幹嘛把剛才那個面試者給嚇跑啊……!?難得有一個我看得上眼的優秀人才耶！」

伊芙氣到七竅生煙，拳頭也在發抖。

「我只有說嚇一嚇他們，沒有人叫你恐嚇威脅呀!?」

「問題是，就憑那種程度的精神素質，碰到我剛才描述的那種地獄，是不可能活下來的……」

「我　說　呀！從那場事件中奇蹟性生還的人只有你而已，是你特別厲害！你難道不知道自己根本是超人嗎!?」

如果把面試官的工作交給阿爾貝特，不管是多麼優秀的人才，也會三兩下就被他淘汰——

「伊拉克先生，請問你的興趣是什麼？」

「咦？這個嘛……我對料理還算小有研究……」

「原來如此。對了，這位伊芙小姐其實也滿喜歡料理的。」

「咦？是、是這樣嗎？」

「是的。哎呀，太好了。雙方有共同興趣或話題的話，也比較聊得起來。」

克里斯多福這麼說完，起身準備離開面試室。

「呵呵……那麼，接下來就交給年輕人自由發揮了。」

「我不是說過這不是在替我辦相親嗎!?不要逼我真的一把火燒了你喔——!?」

如果把面試官的工作交給克里斯多福，他就會莫名其妙地把面試搞成像是在幫伊芙相親一樣——

「你是瞧不起草莓塔嗎?……那我只好砍了你。」

「咿咿咿咿咿咿咿——!?救、救命啊啊啊啊啊啊——!?」

「梨潔兒，STOP——!」

原以為沉默寡言的梨潔兒應該會是安全牌，結果她卻會為了雞毛蒜皮的無聊小事突然槓上面試者——

「啊啊啊啊啊啊啊啊啊啊！你們到底是怎麼回事呀!?」

伊芙的怨嘆聲響徹了雲霄。

「我們特務分室之所以遲遲無法補上人力，問題不就出在你們這幾個傢伙身上嗎!?」

伊芙只好忍著胃痛，繼續進行面試……

然後——

「呼……呼……好不容易……終於面試完所有人了……」

辛苦完成面試後，伊芙選出了進入最終試驗的候補人選。

整個面試過程幾乎是由伊芙一個人獨力完成，她打從心底感到十分疲憊。

（奇怪了……本來我是為了減輕自己的負擔才想補充新血的……怎麼反而有種負擔愈來愈重的感覺……？）

無論如何，伊芙等人和進入最終試驗的十名候補人選，來到了位在『業魔之塔』後方的魔導演習場集合。隸屬帝國宮廷魔導士團的魔導士們平日都在這裡進行戰鬥訓練。

「伊芙小姐，請問最終試驗的項目是什麼？」

「都把他們找來這種地方集合了，你們應該也多少猜到了吧？」

伊芙用眼角餘光掃視了候補者們，回答克里斯多福。

「我要請他們展現魔術戰的實力。」

「原來如此，要確認候補者的戰鬥能力嗎？」

「沒錯，這些通過前兩項考驗的人……有的是地方軍隊的魔導兵，有的是其他部門的魔導士，有的是武鬥派魔術公會的魔術師，有的是精英警邏官……個個都是具備了一定程度的魔術技能與實戰經驗的實戰派……除非他們的資料有作假。」

「所以妳想要跟他們交手，親眼判斷他們的實力嗎……瞭解了！」

明白伊芙的用意後，巴奈德、阿爾貝特、梨潔兒、克里斯多福意氣昂揚地站了出來。

「既然如此，就交給老夫來吧！」

「嗯。包在我身上。」

「……好吧，讓我親自向他們示範何謂戰鬥。」

「哈哈哈……請高抬貴手喔。」

可是……

「你們這群怪物通通給我退下！」

伊芙連忙喝止殺氣騰騰的特務分室成員。

「誰說要讓你們當主考官了!?讓你們主考的話，只會毀了這些人的自信吧!?給我回去坐好！」

「咦～」

「這些人只要經過地獄的鍛鍊，或許就能成為可用之兵，是我精挑細選才找到的潛力股！怎麼能一下子就被你們擊潰呢!?由我親自主考！」

聽到伊芙的宣言，特務分室的成員都不敢置信地猛眨眼睛。

「不、不會吧……超級虐待狂的伊芙小姐要親自和新人交手嗎!?」

「誰是超級虐待狂呀!?」

「就是說啊，克里斯多福。像伊芙妹妹這種類型的，說不定是吃硬不吃軟的被虐狂喔？」

「……巴奈德，你要被扣薪水了。」

「不──!?」

「……虐待狂？……被虐狂？那是什麼意思，阿爾貝特？」

「那是一種錯亂的性癖好。透過虐待他人的行為獲得快感的人叫虐待狂，至於經由被他人虐待的行為獲得快感的人則叫被虐狂，並以此區分。」

「等等，你不要隨便灌輸奇怪的知識給梨潔兒啦!?」

「我不是很懂……簡單地說，伊芙是變態嗎？」

「才不是——！」

再跟他們說下去真的會瘋掉。

「總之，試驗開始！」

如此這般，為了測試候補者們的實力，由伊芙室長擔任主考官的模擬魔術戰開打了。

「《冰狼的爪牙啊》！」

強烈的吹雪。

「《嘶吼吧火焰獅子》！」

威猛的火焰漩渦。

候補者的咒文和伊芙的咒文正面碰撞。

「怎麼了!?就憑這點程度的實力，不可能突破我的火焰！」

「嗚！既然如此——《暫停吧》——《結凍的世界》！」

候補者唱出追加了特殊節句的咒文——

「——!?《火焰的障壁啊》！」

伊芙當機立斷地在自己的四周設下火焰障壁——

然而，氣溫瞬間下降到絕對零度的世界，徹底封鎖了火焰的障壁。

伊芙頓時陷入困境。

「呵……這招如何!?」

「……還挺讓人驚豔的。利用增強威力的追加節句搭配過剩的消費魔力，短短一節咒文就能發揮出B級的威力——這就是你的壓箱絕活嗎？」

然後——

「可以了，魔導士裘多，我已經充分瞭解你的實力。應該說，繼續打下去的話，我也未必能全身而退。」

「咦？意思是……？」

「沒錯。比試到此為止。你的實力確實令人刮目相看。接下來請靜待結果出爐。」

「是、是的！謝謝指教！」

候補者行禮後退出了賽場。

「下一位，魔導士艾蕾拉……請上前。」

「是的！請多多指教！」

「不用客氣。放手向我展現妳的力量吧。」

「是的！那麼——《飛舞吧・銀影》！」

下一個候補者唱完咒文後，懸掛在她腰際上的細劍自行離鞘。

「喝啊啊啊啊啊啊啊——！」

只見在空中飛舞的細劍襲向了伊芙。

「——噢？透過念動系的白魔術，精密地隔空操作遠距離的物體……這就是妳的獨門招式嗎？」

在伊芙的四周高速飛行的細劍，把伊芙的視野切割得支離破碎。

伊芙無暇詠唱咒文，只能專心移動身體閃避攻擊。

「……伊芙是不是生病了？」

特務分室成員待在一旁觀看交手經過時，梨潔兒喃喃說道。

「伊芙從剛才就一直陷入苦戰。依她的實力，應該一下子就能打贏那些那麼弱的人。」

梨潔兒打從內心感到不可思議似地歪起頭。

「不用擔心她啦，梨潔兒妹妹。」

巴奈德粗魯地摸著梨潔兒的頭，向她說明。

「伊芙妹妹想要仔細觀察候補者們的實力。可是，如果她使出全力，轉眼間就會分出勝負，根本測不出實力。所以她才會刻意手下留情。」

「……是這樣嗎？」

「話說回來……伊芙小姐拿捏得很絕妙呢。」

克里斯多福也從旁打岔。

「看在不瞭解伊芙小姐真正實力的人眼裡，一定看不出來她有放水。」

「沒錯。就連咱們都差點被伊芙妹妹唬得一愣一愣，以為那就是她目前的實力。其他人更不可能看得出來她在演戲吧。」

「要維護候補者的基本尊嚴，又要激發他們拿出最大的實力……那種進退拿捏可不簡單呢。」

「……哼。不要牽扯到功勞和戰果的話，那女人以領導人而言，還算是滿優秀的。」

雖然口氣有點酸，不過阿爾貝特似乎也挺認可伊芙。

「啊哈哈，雖然伊芙小姐乍看下是個冷血、任性又難搞的人，其實她也有體貼和溫柔的一面呢。」

「真是的……為什麼伊芙妹妹碰到葛老弟就沒辦法展現出那一面啊……？」

當特務分室的成員們語帶嘆息地交頭接耳的同時。

（……哼，不愧是能留到最終試驗階段的人，每個人都具備了一定的實力。雖然這麼說有點太過貪心，不過我想要的是水準更高的人才。）

伊芙和交替上場的候補者交手，同時如此心想。

（不過，依他們的底子……只要加以鍛鍊，還是可以成為堪用的棋子。哼！等著瞧吧，葛倫！就算少了你這個三流魔導士，我還是——）

這時……

「喂喂喂，伊芙！妳今天吃錯了什麼藥!?怎麼從剛才就一直陷入苦戰呢!?」

有一團人影出現在這個魔導演習場的一角。

那些人是鬼之戰鬥專門部門第一室室長庫朗•歐嘉姆，以及其他血氣方剛的室員。

「太奇怪了吧，伊芙！妳有這麼弱嗎!?」

大家都知道庫朗是個不懂得察言觀色的白目，他是真的對刻意裝弱的伊芙表現感到吃驚。

「咦咦咦咦!?不會吧，傳說中的特務分室室長也沒什麼了不起的嘛！」

「照這樣看來，我比伊芙室長還要強多了耶！」

「「「呀哈哈哈哈哈哈——！」」」

第一室那群頭腦簡單、除了戰鬥一無是處的室員，看到伊芙在和低階的對手對打時陷入苦戰（表面上），無不捧腹大笑。

「那、那群傢伙……！」

伊芙用魔術和候補者對戰的同時，氣得渾身發抖。

伊芙發動攻擊後，接著用火球擊落朝自己射來的雷閃。

「咦咦咦咦咦!?那種程度的咒文有必要用妳引以為傲的火焰迎擊嗎!?妳真的退步了這麼多喔!?」

「呀哈哈哈！快看，伊芙小姐接招接得好醜喔！」

「哇～！火焰的使用方式超炫的耶～！」（語調平板）

「不愧是依庫奈特家（笑）！」

完全狀況外的庫朗表示哀嘆，他的部下則是頻頻口出惡言羞辱伊芙。

（……忍耐……忍耐……！）

伊芙咬牙切齒，太陽穴也爆出了頻頻跳動的青筋，努力忍耐著。

（不可以理會那些除了戰鬥一無是處的蠢蛋，伊芙！無論如何，我一定要獲得優秀的新兵……！）

忍耐。伊芙一邊和候補者過招，一邊忍受著那些看熱鬧的人的言語羞辱。

「喂，伊芙！妳怎麼那麼笨！剛才應該用火焰先發制人，封殺對方的咒文才對吧!?妳在發什麼呆!?到底有沒有在認真打啊!?」

「呀哈哈哈！室長的水準就這麼低，特務分室有沒有問題啊!?」

「哎呀～要不要乾脆換本小姐代替妳當特務分室的室長呢？」

但第一室的室員仍以尖酸刻薄的謾罵批評伊芙……

後來……

「連室長都那麼可笑了，該不會特務分室只是虛有其表的紙老虎吧？」

「很有可能喔～雖然他們號稱是帝國宮廷魔導士團最強的，不過真正最強的果然還是我們吧！」

「特務分室的人不就站在那邊嗎？看起來就很弱不禁風！」

「他們完全沒有強者的氣場呢！」

第一室的人除了庫朗以外，其他室員甚至開始嘲笑起站在遠方關注著伊芙的特務分室室員……

「說到這個，你們知道以前伊芙室長曾在特務分室收留了一個三流魔導士嗎？」

（忍耐、忍耐……）

「沒錯，我記得是叫葛倫・雷達斯對吧？」

「會收留那種一無是處的雜魚，特務分室的水準如何可想而知呢！」

（忍耐……忍耐……）

「那種雜魚就算一次來好幾百個，也不是我們的高速咒文詠唱的對手！」

（……忍耐……！）

「而且那傢伙後來還莫名其妙地突然退團，沒用的懦夫！」

（……我……要……忍……耐……！）

「不知道那傢伙現在在做什麼？」

「呀哈哈哈！反正一定是在當窩囊廢吧！」

這時……

伊芙再也忍不住，終於爆發了——

「不許你們——」

根本不需要詠唱咒文。

「——譏笑——」

伊芙只是高舉雙手，便有一道火力強大到簡直像在開玩笑的火柱竄上天空——

「我的部下————————————————————！」

然後，她將火柱往第一室那群人的頭頂砸去。

呈螺旋軌跡轉動的火柱不只巨大，倒下的速度也很飛快——

「「「「呀啊啊啊啊啊啊啊啊啊啊啊啊啊啊啊啊啊啊啊啊啊啊啊啊啊啊啊啊啊啊啊啊啊啊啊啊啊啊——！」」」」

只有庫朗勉強來得及唱出反制咒文，其他人都像紙屑一樣被火柱引發的猛烈爆炎和熱浪吹得東倒西歪，飛上了天空——

「眷屬秘咒【第七園】……你們不知道這裡早就是屬於我的領域了嗎……」

在彷彿煉獄般變成一片火海的演習場中央，只見伊芙全身上下纏覆著翻騰的超高熱火焰，散發出堪比魔王或邪神的強大威壓感，她以鬼神般的凶惡面孔，冷冷地睥睨著屍橫遍野的第一室室員。

那是一幅宛如世界末日的畫面。

「聽好了……像你們這種不堪一擊的廢物，就算一次好幾百個人聯手也贏不了我……！不想死的話，就向我那些被你們冒犯的手下們道歉，然後馬上滾得遠遠的……！快一點！」

「咿、咿咿咿咿咿咿——!?」

「這、這就是伊芙室長真正的實力嗎!?」

「根本是怪物嘛!?是哪個白痴嘲笑她很弱的!?」

「就常識而言,我們怎麼可能打得贏她啊!?」

「既然如此,我們唯一能採取的只有一個行動了!」

「「「預備~對不起,是我們錯了——!」」」

第一室的室員們一如鳥獸散般一哄而散。

「搞什麼啊,伊芙!原來妳沒有衰退嘛!妳果然是我永遠的好對——」

「《去死吧》!」

「奴哇——!」

就這樣,伊芙毫不留情地點燃火焰,往臉上掛著如陽光般燦爛的笑容、向她比了大拇指的的庫朗身上燒——

「唉……」

「看來又泡湯了……」

看到有意加入特務分室的候補者們被伊芙嚇到魂飛魄散的模樣,克里斯多福和巴奈德等人都深深嘆息。

——幾天後。

「嗚嗚……為什麼……為什麼會這樣呀……!?」

伊芙手拿裝著蘋果汁的玻璃杯，趴在辦公室桌上嚶嚶哭泣。

「為什麼……大家都放棄加入特務分室……!?我好不容易才……嗝……」

「也難怪啦……畢竟他們看到室長的可怕真面目了……」

「話說回來，伊芙妹妹妳還是一樣喜歡把蘋果汁當酒喝，沉醉在酒醉的氣氛中啊……」

「真奇特的體質。」

「嗯。伊芙好奇怪。」

伊芙不顧特務分室其他人的傻眼目光，只是一口接著一口不斷啜飲著蘋果汁。

「既然這樣！總有一天！我一定要！把葛倫找回特務分室！嗝……給我等著吧，葛倫……！」

伊芙哭著如此咆哮。

一喝醉就會哭鬧的她，就這樣一鼓作氣喝光了蘋果汁。

看來，她的憂鬱還會持續好一陣子——

變成貓的白貓

Sistine transforms into a pretty cat

Memory records of bastard
magic instructor

「……所以說，如之前的解說，『靈魂』本身並無法存在於物質界，『肉體』做為將『靈魂』留在物質界的容器……是依照名為『基因代碼』的鹼基配列情報構築而成……呼啊……」

一如既往地，葛倫在阿爾扎諾帝國魔術學院二年二班的教室授課。

「……所以說，除非是操作光線的幻術，否則直接改變肉體形狀的那種變身術，說穿了就是一種改變『基因代碼』的魔術……呼啊啊啊……」

然而……

他的解說維持了一貫的水準，條理分明，非常淺顯易懂。

「啊……白魔【變形術】……也就是變身魔術……這魔術的關鍵，在於使用者是否能正確分析掌握構築自身肉體的『基因代碼』……呼啊……」

（（（（老師感覺超想睡的耶……））））

看到葛倫臉上掛著濃濃黑眼圈授課的模樣，台下的學生們心有靈犀地有了同樣的想法。

（真是的……那傢伙這次又怎麼了……？）

手撐在桌上托腮的西絲蒂娜狐疑地心想。

不久，宣告放學的鐘聲響徹了學院校舍。

「——什麼!?不會吧!?已經這麼晚了!?糟糕！」

被鐘聲驚醒的葛倫連忙轉身面向學生。

「總、總而言之！從下個禮拜開始，在正式實踐這個變身魔術以前，你們必須用自己的血液，透過魔術的方式仔細分析算出『基因代碼』做為前置作業！聽好，在我點頭同意以前，你們千萬不能擅自使用肉體改變系的變身魔術喔!?都聽見了嗎？千萬不可以喔!?」

耳提面命地叮囑完學生後，葛倫頂著一副快睡著的表情，搖搖晃晃地離開了教室。

——放學後的教室。

「嗯～下個禮拜的變身魔術課要解析基因代碼嗎……」

西絲蒂娜語帶困擾地向坐在隔壁座位的魯米亞說道。

「怎麼了？西絲蒂。」

「其實我在預習時就已經分析完自己的基因代碼了。所以下個禮拜我就沒有事情可以做了呢……」

「原來是這樣，太厲害了吧，西絲蒂！」

魯米亞面露天真單純的笑容讚美西絲蒂娜。

「噢噢，真的假的!?不愧是西絲蒂娜！」

卡修和瑟西魯等一群同學聽見西絲蒂娜已經自行完成了前置作業後，也加入對話。

「說到這個，受到基因代碼影響，每個人在肉體改變系的變身上，適合變身的對象好像都不一樣呢。西絲蒂娜，妳最適合變身成什麼？」

溫蒂好奇地問道。

「根據基因代碼分析的結果……沒想到我最適合變身的東西是貓喔！」

西絲蒂娜挺起胸膛神氣地回答，結果……

（果然是這樣呢。）

（……果然是這樣嗎？）

（果然是這樣……）

「你、你們那是什麼反應呀!?」

班上同學都以莫名溫暖的眼神注視著西絲蒂娜，令她有些尷尬。

「我不是很懂……總之西絲蒂娜妳已經可以變身了嗎？」

「嗯～哎，可以這麼說吧。」

西絲蒂娜如此回答納悶地看著她的梨潔兒。

「我已經用自己的基因代碼為基礎，調整出了符合我個人使用的白魔【變形術】的魔術式……隨時都可以變身。」

西絲蒂娜果然不一樣。同班同學紛紛露出了帶有欽佩與讚賞之意的眼神，注視著永遠領先其他人一、兩步的她。

「吶、吶！西絲蒂娜！不然妳現在就變身來瞧瞧吧！」

「嗯！我也好想看！」

凱和羅德突然開始鼓譟。

「咦、咦咦……？可是……老師剛才警告過不可以自己貿然變身了……」

「沒關係啦！妳是全年級成績最優秀的耶，一定不會出差錯的！」

「變身魔術好像很困難，可以的話，請妳示範給我們參考一下吧！」

「對啊，拜託妳嘛！天才！」

在眾人的吹捧下，西絲蒂娜也漸漸地得意忘形了。

「真沒辦法……本來我是絕對不會答應的……不過我對這個魔術的調整也算有點自信……我只破例示範一次喔？」

「那、那個……西絲蒂？還是遵守規定比較好吧……？」

魯米亞擔心地建議她別衝動，可是西絲蒂娜充耳不聞。

西絲蒂娜移動到教室正中央，自信滿滿地高聲詠唱了白魔【變形術】——

「《生命之理在我身・向萬物的創造主反抗・重新改造軀體吧》！」

——

「嗯……所以說，現在沒辦法變回原狀了，是嗎？」

學院的法醫師老師——瑟希莉亞在聽完詳細的來龍去脈後，面露曖昧的苦笑注視著她。

「喵……（對不起……）」

被魯米亞抱在胸前的她——擁有一身美麗白毛的貓垂低了耳朵和尾巴，看起來很沮喪。

這隻貓正是透過白魔【變形術】變身成貓的西絲蒂娜。

魯米亞忐忑不安地抱著變成貓的西絲蒂娜，一旁還有梨潔兒。雖然梨潔兒跟平常一樣面無表情，不過感覺得出來她好像也很擔心，手上摟著西絲蒂娜的全套制服。

「嗚嗚……對不起……」

「都怪我們不負責任地起鬨。」

跟著她們前來向瑟希莉亞求救的二班學生們也都沒什麼精神，一副很愧疚的樣子。

男女學生們此時聚集在學院的醫務室。醫務室四面都是白色的牆壁和藥物櫃，內部設有幾張乾淨的病床。

其中一張床被簾子遮住，裡面還傳出了打呼聲。看來似乎有人早一步進來了。

「瑟希莉亞老師……請問……西絲蒂有辦法恢復原狀嗎？」

一臉憔悴的魯米亞帶著憂鬱的表情開口問道。

「呵呵……請不用擔心，沒事的。」

瑟希莉亞用開朗的語氣說道，想消除魯米亞的不安。

「其實，每年這個時期都會出現不聽警告擅自使用變身魔術，結果無法變回原狀的學生喔？沒事的，她一定可以恢復原狀。」

「喵～（真的很抱歉。）」

瑟希莉亞微笑著，從魯米亞手中接過變成貓的西絲蒂娜，把她放在診療台上。

西絲蒂娜貓就像來到陌生環境的貓一樣乖巧。

「這些學生之所以會失敗，絕大部分都是因為對自己的基因代碼分析得不夠透徹。變身歸變身，變回原狀的設定又是另外一回事。」

「喵～（大受打擊。）」

見西絲蒂娜貓垂頭喪氣，瑟希莉亞摸摸她的頭安撫她，繼續說道：

「等一下我會針對西絲蒂娜同學設定不完全的基因代碼進行魔術修正。不過……考慮到工程浩大，今晚得請妳在這裡過夜了。」

「喵……（好的……）」

「嗯，這也沒辦法……好吧，西絲蒂，今晚妳要加油喔？」

「嗯。加油。」

西絲蒂娜貓點頭同意了瑟希莉亞的提案後，魯米亞和梨潔兒輪流撫摸了西絲蒂娜貓的頭。

「各位同學，現在你們都知道後果了吧？白魔術的變身會重新改造自己的身體，是非常纖細的魔術。在課堂上實踐時，一定要嚴格遵守老師的吩咐，小心翼翼地進行喔？躁進的話就會嚐到苦頭的喔？」

「「「知道了……」」」

瑟希莉亞借這個例子向學生做機會教育後，學生們一臉歉疚地回應，然後就地解散了。

學生們離開醫務室後，瑟希莉亞立刻著手治療西絲蒂娜。

首先做完觸診，接著用針筒抽血，透過桌上的各種試管和魔術試藥對血液進行分析。

然後用魔導演算器處理分析出來的資料。

最後，瑟希莉亞用黑色顏料在診療台上繪製魔術法陣，然後把西絲蒂娜貓放在法陣中央，發動魔術儀式。

「好，大功告成了。」

沒多久，魔術儀式順利地結束了。

「基因代碼在更新後還需要一段時間才會生效，所以妳暫時還是會維持貓的姿態……差不多到明天早上，妳就會自然恢復原狀了。」

「喵喵～（真的太感謝瑟希莉亞老師了。）」

在法陣中央的西絲蒂娜貓低頭致謝。

「雖然可以確定問題解決了……不過碰到這種情況，規則上還是得請妳留在醫務室一晚，由我貼身看護觀察情況……妳可能會覺得很無聊，但還是請妳忍耐一下囉。」

「喵～喵～（不，老師快別這麼說，都怪我自己不好。）」

西絲蒂娜貓搖搖頭。

「啊哈哈……我不是很精通動物語，這下聽不懂妳在講什麼呢～」

就在瑟希莉亞苦笑著站起來，準備整理儀式用具時——

「啊……」

「喵!?（瑟希莉亞老師!?）」

瑟希莉亞身體一傾。

仔細一瞧，瑟希莉亞的臉色很難看。

「嗯……看來我消耗太多魔力了呢……昨天只有睡十二小時，狀況果然不是很好……」

「喵嗚!?（妳、妳還好嗎!?）」

「總之……藥……要吃藥……」

瑟希莉亞踉蹌地走在醫務室內，想要尋找平常服用的不明藥物。

「——咳嘎!?」

噗！

有如火山爆發般，只見瑟希莉亞抬頭朝上方吐出鮮血。

體弱多病的瑟希莉亞老毛病又發作了。

「喵嗚喵嗚!?（瑟、瑟希莉亞老師——!?）」

在降下血雨的同時，西絲蒂娜貓睜大了眼睛喵喵叫。

「咳、咳咳!?我、我沒事……不要緊的……咳嘎!?藥……只要吃藥就噗哈!?」

啵噠啵噠啵噠啵噠——！

口吐鮮血的瑟希莉亞用手摀著嘴巴，像喪屍一樣踩著蹣跚的腳步走向醫務室角落的辦公桌。

結果，瑟希莉亞還沒拿到藥就已經撐不住了。

「喵嗚!?（等一下，瑟希莉亞老師，不要勉強自己呀!?）」

西絲蒂娜貓三步併兩步地追在瑟希莉亞身後……

「………嗄。」

瑟希莉亞翻起白眼，像是斷了線的人偶，猛然倒在辦公桌上。

咚！啪鏘鏘鏘鏘鏘！

經她這麼一撞，擺在桌上的東西全灑在地上……

「嗚喵!?」

從後面衝上來的西絲蒂娜貓也蒙受池魚之殃，從被打翻的藥草盆灑出的泥土噴了她一身。

然後——

鴉雀無聲……

瑟希莉亞雙手交疊在胸前，彷彿死人般躺在地板上的血泊裡睡著了。如果不想辦法救她，上一句的譬喻遲早就會化成真實。

「喵、喵嗚!?（怎、怎麼辦!?）」

變成貓的西絲蒂娜就算想唱也唱不出咒文。就在西絲蒂娜貓不知所措的時候……

「呼啊……到底在搞什麼啊，怎麼這麼吵……」

啪沙！

用來隔開醫務室病床的簾子突然發出聲音被拉開了。大搖大擺地躺在簾子後面那張床上睡覺的那名男子——

「唉，人家睡得正舒服……咦？喔哇啊啊啊啊!?瑟希莉亞老師——!?」

他不是別人，正是葛倫。

「嗚喵!?（咦？他一直都在這裡嗎!?）」

沒想到葛倫會在此時登場，西絲蒂娜貓嚇了一大跳。

葛倫連看也沒看西絲蒂娜貓一眼，急忙衝上前抱起瑟希莉亞。

「瑟、瑟希莉亞老師，振作一點！妳等一下，我立刻餵妳吃藥——」

如是說後，葛倫東張西望……

「不會吧!?東西全毀了!?」

裝有瑟希莉亞的常備藥的瓶子，全部摔破在地上泡湯了。

「可惡，看來只好由我自己調製了！偏偏我對調製魔術藥物不怎麼在行啊！」

瑟希莉亞的母親潔西卡為了讓葛倫在女兒危急時幫忙照顧她，傳授了許多藥物知識給葛倫。

下定決心的葛倫，「碰！」的一聲打開了牆邊的藥物櫃。

櫃子裡擺著一排排的瓶子，瓶子裡裝的都是經過乾燥的藥草和香木等各種藥材。

「呃，瑟希莉亞老師的藥基本上需要……月下草……嗚……哪個才是月下草啊!?」

葛倫拚命回想，物色櫃子裡的藥材。

這時──

「喵！（老師，這就是月下草！）」

西絲蒂娜貓輕輕地跳到了櫃子上，用前腳戳了其中一罐藥瓶。

「喵！喵！」

「貓……？啊！我想起來了！月下草就是這個吧!?」

葛倫拿起那罐藥草瓶，立刻著手調製瑟希莉亞的藥。

……

「很好，截至目前為止，作業堪稱完美……我還挺有兩把刷子的嘛。」

面對桌上的火爐、鍋子以及賽風壺和燒瓶等玻璃器具，還有各式各樣的藥材，葛倫正在努力纏鬥。

「接下來要加入皇家藥草……皇家藥草？我記得醫務室裡好像有種……？」

「喵！（我去摘回來了，就是這個，老師！）」

西絲蒂娜貓姿態輕盈地跳到桌上，把叼在口中的藥草交給葛倫。

「噢!?幹得好！了不起！」

就這樣。

藥草知識貧乏的葛倫在西絲蒂娜貓的輔助之下，合作無間地調製出要給瑟希莉亞服用的藥——

——然後——

「呼……這樣應該就可以了。」

用玻璃製的餵食器幫助躺臥在病床上的瑟希莉亞喝下完成的藥水後，葛倫如釋重負。

潔西卡親自傳授的藥效果十分強大，原本沉睡得像死人一樣的瑟希莉亞，臉色很快地就恢復紅潤。

「已經度過險境了……」

「喵……（太好了……）」

「話說回來，貓咪……妳立下了大功哪……幸好有妳幫忙，否則我應該沒辦法這麼快就把藥調出來。」

葛倫摸了摸規矩地端坐在床邊的西絲蒂娜貓的頭。

「喵、喵……」

「對了……妳是哪裡來的貓啊？」

葛倫現在才對貓的來歷感到好奇，他用雙手包住西絲蒂娜貓的臉頰，讓她面朝自己。

「嗚喵!?（啊，不好了。老師不知道我變成了貓……!?）」

葛倫無視心急如焚的西絲蒂娜貓，自顧自地把雙手插到她前腳的腋下，輕輕地將她舉高。

「沒有戴項圈，那應該是流浪貓囉……嗯，我想也是，瞧妳全身的毛都髒兮兮的，感覺一定有跳蚤……嗚啊，別傳染給我。」

「喵!?（嫌我髒是什麼意思!?）喵——！喵——！（這是因為我剛才被土噴到才——）」

西絲蒂娜貓嘶聲力竭地抗議，可是聽在葛倫的耳裡只是一般的貓叫聲，完全沒有傳達給他。

「喂，唉唷，不要掙扎啦……話說回來……」

葛倫高舉西絲蒂娜貓，把臉湊上前，近距離定睛注視她的臉。

「喵～？（幹、幹嘛啦？）」

「哎，雖然妳全身髒兮兮的……可是仔細看的話，其實妳是一隻長得很美的貓耶……？」

「嗚喵!?（長、長得很美!?）」

理所當然地，葛倫讚美的對象是貓，不過被那四個字沖昏頭的西絲蒂娜已經想不到那麼遠了。

「喵、喵嗚……」

「怎麼了？難道是在害羞嗎？應該不可能吧……」

看到西絲蒂娜貓突然變得乖巧，葛倫不禁苦笑。

「無論如何，剛才多虧有妳幫忙啊……對了……」

葛倫觀察了西絲蒂娜貓後，突然賊頭賊腦地揚起嘴角。

「唔，這隻貓……說不定是只要稍加琢磨就會大放異彩的寶石喔。」

「喵？」

「好，我帶妳回家吧！」

「喵!?」

西絲蒂娜貓被這個意外的發展嚇得目瞪口呆。

「跟我回家的話，我就給妳吃很多好吃的東西，讓妳吃得飽飽的！如何!?」

「喵——!?（老師，等、等一下，我是——）」

「咯咯咯……這麼說來，前鎮子的新聞提到的貓展獎金，高得我眼睛差點都彈出來了哪……」

所謂的貓展，就是由一群愛貓的貴族所召開、比賽誰飼養的貓血統最純正、最漂亮的大會。

「依這隻貓的資質，要在菲傑德各地拿下冠軍絕對不是夢想……如此一來，就能把大筆的獎金賺進口袋了……好，這隻貓就是我的搖錢樹了！回去後立刻偽造血統證書——！」

「喵呀——！（你在說什麼不正經的話啊!?追根究柢，我又不是貓——！）」

這時……

「……嗚、嗚嗯……咦？葛倫老師……？」

瑟希莉亞恢復意識，有氣無力地抬起身子。

「噢，妳終於醒來了，瑟希莉亞老師！」

「喵！喵啊！（瑟、瑟希莉亞老師！快救救我！）」

「嗯……我怎麼又失去意識了……是葛倫老師照顧我的嗎？對不起，每次都給你添麻煩，葛倫老師……」

「哈哈，小事一樁啦！身體狀況還好嗎？」

「嗯，我已經沒事了。不好意思讓你擔心了……哎呀？」

瑟希莉亞發現葛倫懷裡摟著一隻貓。

「呵呵，好可愛喔……葛倫老師你怎麼會有那隻貓？」

「喵!?（咦!?怎麼會這樣!?）」

看到笑咪咪的瑟希莉亞，西絲蒂娜貓有種不祥的預感。

「呃，她是我在醫務室發現的貓啦……瑟希莉亞老師妳知道她是從哪裡來的嗎？」

「不，我不知道耶。」

「喵——!?（瑟希莉亞老師失去記憶了——!?）」

可能是昏倒的時候撞到頭，也有可能是因為藥物的副作用。

「是嗎？那我收留這隻流浪貓也沒關係囉!?唉，我實在捨不得放這隻可愛的小傢伙在外面流浪呢！」

「呵呵……葛倫老師你果然很善良呢……」

「喵——！喵——！（妳誤會了！這傢伙只是心懷不軌的窩囊廢！）」

「啊，小貓咪看起來好像也很開心喔？她一定也感受得到葛倫老師的善意。」

「喵啊啊啊！（才～不～是！）」

「既然瑟希莉亞老師也平安地醒來了，我就直接帶這隻貓回家囉！改天見！」

「喵～呀～～!?（救～命～啊啊啊啊啊——!?）」

就這樣——

葛倫單手把擺動四肢拚命掙扎的西絲蒂娜貓夾抱在身旁，彷彿一陣風般揚長而去……

「……奇怪……我好像忘記了什麼重要的事……？」

留在醫務室的瑟希莉亞，一臉困惑地歪著頭。

變成了貓的西絲蒂娜即便想做出像樣的掙扎也沒辦法。

「我回來了！」

沒多久，西絲蒂娜貓被葛倫帶進了阿爾佛聶亞宅邸。

「喵、喵……（這、這下怎麼辦呢……）」

背後是關得密不通風的玄關大門。據剛才在外面時的觀察，也沒有一扇窗戶是開啟的。

這下根本逃不掉了。

（事、事到如今，只能等魯米亞和梨潔兒發現情況不對來救我了……）

那兩個人之後還會去醫務室探視西絲蒂娜。等瑟希莉亞告訴她們西絲蒂娜被葛倫帶走後，很容易就能找到這裡。

西絲蒂娜貓懷著悲壯的心情，把希望寄託在這個最後的可能上，這時——

「喂，葛倫。怎麼會有那隻貓？」

瑟莉卡一臉傻眼地現身在入口大廳。

「你這小子，真的從小就喜歡撿一些奇怪的生物回家耶……」

「喵！（阿爾佛聶亞教授！）」

西絲蒂娜貓見機不可失，奮力掙脫葛倫的摟抱，一溜煙跑到瑟莉卡腳邊。

「喵！喵！喵——！（快救救我！教授妳應該看得出來我是誰吧!?）」

西絲蒂娜貓用後腳站立的姿勢，伸出前腳磨蹭瑟莉卡的腳。

見狀——

「嗯？妳是……？」

瑟莉卡瞇起眼睛，從西絲蒂娜貓的前腳腋下抓住她，將她高高抱起。

「變身魔術嗎？從這個代碼元看來……還有這個法醫處置……有這般能耐的術者……哈哈，原來如此……」（嘀嘀咕咕）

「喵！（太好了，教授妳看出我的真實身分了嗎!?沒錯，就是我，請妳快點救我吧！）」

一道從天而降的曙光，讓西絲蒂娜貓開心地喵喵叫。

「啊～？怎麼了？瑟莉卡。妳知道這隻貓的事情？」

「沒有啊～我什麼也不知道。」

瑟莉卡不假思索地回答了葛倫的問題，她的臉上掛著小惡魔的笑容。

「喵!?」

「喂，葛倫。既然你把她撿回家了就要負起責任，要好好照顧她一個晚上喔！」

「啥？一個晚上？什麼意思啊？」

「沒有啊？我只是在想，瑟希莉亞的技術果然很高超啊。」

瑟莉卡憋著笑如此說道。

「喵啊啊啊啊啊！（這個人肯定已經發現了，還故意裝傻！擺明就是等著看好戲！）」

「呼……慎重起見，我派使魔帶話給魯米亞好了……就告訴她『不用擔心，包在我身上，不必來探視了』吧。」（嘀嘀咕咕）

「喵～喵～喵～！（不～要～啊————————！）」

「瑟莉卡，貓咪好像很討厭妳耶。看她掙扎成那樣，快點放開她啦……」

葛倫傻眼地說道，完全沒察覺瑟莉卡心懷鬼胎。

「好了。之前也跟你說過了，我要去帝都出差……你們要好好相處喔？」

「那當然，因為這隻貓可是搖錢樹……不對，她可是這麼可愛的流浪貓呢！我會讓她瞭解人類的溫暖的！」

「喵！（你的眼睛都寫著『錢』，一點說服力也沒有！）」

「啊，對了。你可不要對她亂來喔？噗……嘻嘻嘻。」

「……嗄？瑟莉卡，妳到底在胡言亂語什麼？我才沒有那種變態的興趣咧。聽了都快反胃了。」

和帶了意外訪客回家的葛倫交談後，拚命憋笑的瑟莉卡離開阿爾佛聶亞宅邸，踏上了旅程。

與此同時——

「啊，梨潔兒。」

「怎麼了？魯米亞。」

「我剛剛收到阿爾佛聶亞教授的通知。西絲蒂從學院的醫務室轉移到教授家了。」

「瑟莉卡家？」

「教授好像要代替身體不舒服的瑟希莉亞老師照顧西絲蒂。」

「嗯，是嗎？可以放心了。」

「因為某些緣故，今晚謝絕會客……我們明早再一起去接西絲蒂吧？」

在席貝爾宅邸的兩人做出了這項決定，西絲蒂娜的最後一線希望也就此粉碎了。

因為瑟莉卡出遠門的關係，整間大屋子只剩葛倫和西絲蒂娜貓兩人（嚴格說來是一個人和一隻貓）獨處。

充滿了困惑和動搖的西絲蒂娜貓還來不及恢復冷靜……

「好！吃飯前先洗個澡吧！」

葛倫突然做出這種提議，把西絲蒂娜貓推向了更為混亂的深淵底部。

「嗚喵!?（洗、洗澡!?）」

「妳這隻貓渾身泥土髒兮兮的，好像也有跳蚤……就這樣放妳在屋子裡跑來跑去，我們也會很困擾的！」

「喵！喵！（所以說，這不是你想的那樣！）」

「放心啦，其實我從小就習慣幫貓狗洗澡了……好了，交給我吧。」

換句話說，雖然目前是隻貓，可是西絲蒂娜等一下就要被葛倫全身上下摸透透了……

「喵——！（開什麼玩笑！）」

西絲蒂娜貓拔腿就跑。

「還想跑！」

葛倫早料到西絲蒂娜貓想溜之大吉，輕鬆地逮住了她。

看來他似乎真的很習慣應付貓狗。

「放心，沒什麼好怕的。我會幫妳洗得很乾淨的！」

「喵啊啊啊啊——！（誰來救救我啊啊啊啊——！）」

再怎麼抵抗也無濟於事的西絲蒂娜貓，就這樣被帶往了浴室。

阿爾佛聶亞宅邸的浴室以白色的大理石建造而成，空間非常寬敞。偌大的浴槽注滿了熱水，瀰漫著白濛濛的熱氣。

「好！馬上來洗澡吧！」

「喵啊啊啊啊——!?（為什麼連老師都要脫光啊啊啊啊啊!?）」

一個人和一隻貓就站在這個空間裡。

「反正都要幫妳洗澡了，我也順便洗一下吧。」

只用一條毛巾圍住下半身的葛倫在熱氣中露出了瘦歸瘦，卻不失精壯的好身材。儘管身上隨處可見疤痕，可是整體而言就跟古典雕刻一樣健美，讓正值荳蔻年華的少女西絲蒂娜羞得不敢正眼直視。

「喵喵！（我再也受不了了！我得快點逃——）」

「還想溜啊。」

想要逃出浴室的西絲蒂娜貓又被搶先一步擋住去路的葛倫逮個正著。

「喵喵喵～!?」

「妳明明是貓，行動模式怎麼這麼容易預測啊……簡直跟某人沒兩樣。」

葛倫笑著用單手抱住西絲蒂娜貓，走向設在牆邊的蓮蓬頭，扭開水龍頭。

透過水管從儲水槽將水抽到蓄熱水池，利用石炭將水加熱煮沸，再另行補入冷水調節溫度──多虧了以這套模式供給熱水的『熱水器』，蓮蓬頭噴出了溫度適到好處的熱水。

「喵!?喵!?」

熱水溫柔地順過了西絲蒂娜貓髒兮兮的毛皮。

葛倫架著西絲蒂娜貓，把香皂按在她的背上摩娑起泡。

「這樣應該就可以了吧。」

「喵、喵……（等一下，不要……那個……這種事情應該要跟喜歡的人才可以……）」

葛倫那蠢蠢欲動的手逼近了西絲蒂娜貓。

「好！首先從肚子的部分徹底清潔吧！」

「嗚喵啊啊啊啊啊啊啊啊啊啊啊啊啊啊啊啊啊啊啊啊──！」

西絲蒂娜貓的悲慘叫聲在寬敞的浴室迴盪。

搓洗搓洗。

「喵啊！喵啊！（不要不要不要──！）」

「喂，不要亂動啦！接下來洗手腳！」

搓洗搓洗。

「喵！嗯喵！（不要！拜託快住手！我開始有種很奇怪的感覺了!!）」

「尾巴也洗一洗好了。」

搓洗搓洗搓洗。

「呼喵!?嗚喵!?（嗚呀！全身都要發顫了!?）」

「脖子……胸部……屁股……」

搓洗搓洗搓洗搓洗……

「喵啊！喵——！喵——！（咿!?呀嗚！啊嗯！那邊不可以亂碰啦——!?）」

「耳朵……」

「喵嗯!?（呀!?）」

「接下來換……」

搓洗搓洗搓洗搓洗搓洗搓洗搓洗搓洗……

經過一番折騰。

「噗嘶——！噗嘶——！」

洗完澡後，全身炸毛的西絲蒂娜貓眼睛閃爍著淚光，躲在客廳的一角向葛倫噴氣示威。

「……我被當成壞人了啊。」

葛倫半瞇著眼注視著西絲蒂娜貓。

「真是的，有那麼討厭洗澡嗎……也太絕情了吧。」

葛倫拿藥膏塗抹手上的抓傷和咬傷的痕跡，生悶氣地抱怨。

「噗嘶——！噗嘶——！（嗚嗚……我被玷汙了……全身上下所有地方都被男人猥褻過了……沒辦法嫁人了……）」

因為剛洗完熱水澡腦袋發燙，以及意味不明的悸動，西絲蒂娜貓處於頭暈目眩的大混亂狀態。

「話說回來……妳洗完後真的變了一隻貓呢。」

葛倫對西絲蒂娜貓的複雜心境一無所知，語帶佩服地嘖嘖讚嘆。

「沒想到妳居然是這麼漂亮的貓呢。」

徹底洗淨髒汙，使用溫風魔術吹乾後，西絲蒂娜貓的毛變得既蓬鬆又柔軟，讓人忍不住想摸。

那一身看上去觸感一定非常舒服的潔白貓毛美得無與倫比。宛如在月光下綻放著朦朧光輝的新雪雪原。

「我從來沒看過像妳這麼漂亮的貓耶。這次真的撿到寶了！」

「噗嘶——！（你這個不正經的男人！）」

「唔……這麼無可挑剔的白毛貓……好，我就幫妳取名叫西絲蒂娜吧！反正妳的氣質跟那個白貓簡直一模一樣！這個名字不錯吧？西絲蒂娜！」

「噗呀！喵喵喵！（不要隨便拿別人的名字來用啦！再說，為什麼偏偏在我變成貓的時候，才用名字叫我啊，完全搞反了吧！）」

「呀啊啊啊啊啊!?臭貓，不要咬我啦——！」

西絲蒂娜貓突然衝上前來朝葛倫的腳狠咬一口，葛倫痛得放聲慘叫。

就這樣，葛倫和西絲蒂娜貓展開了獨處的夜晚——

「來，這是妳期盼已久的晚餐。快吃吧。」

咚。

葛倫把盤子擺在西絲蒂娜貓面前，盤子上放了一條又圓又肥的生魚。

「哎呀，今天在市場買到了品質非常不錯的魚呢——」

「呼喵喵喵喵喵——！（生的東西我怎麼吃得下去!?好歹煮熟吧！）」

「呀啊啊啊——!?好痛！痛死人了！不要亂咬亂抓啦！好啦，對不起啦！我拿去煮總可以了吧！」

「受不了……真是一隻嬌生慣養的大小姐貓咪啊。」

坐在飯桌前的葛倫用刀叉把盤中的魚排切成一小塊。

「吃吧。」

葛倫用叉子刺起一小塊魚肉往前伸。

「喵。」

只見優雅地端坐在那裡的西絲蒂娜貓，一口吃掉了葛倫餵食的那塊魚肉。

戰戰兢兢地觀察著這個過程的葛倫，這才鬆了一口氣。

「喵～（……味道還可以啦。）」

「呼～～終於吃掉了……這隻貓要求真多……我不知道有多久沒下廚了。」

「喵～（快點餵我吃下一塊啊。現在我的四肢都是貓腳，你不餵我，我怎麼吃。）」

葛倫一臉憔悴地托腮嘆氣，西絲蒂娜伸出前腳戳了戳他的臉頰。

「在催我快一點嗎？好啦好啦……唉，狂傲的臭貓。」

葛倫又切了一小塊魚肉，伸到西絲蒂娜貓前面。

折騰了一整天，西絲蒂娜貓似乎餓壞了。她喜孜孜地嚼著魚肉。

「喵～（呼，終於有種活得像個人的感覺了……雖然我現在是貓啦……）」

「話說回來，西絲蒂娜……妳明明是隻貓，氣質卻挺高雅的耶……這一點跟白貓也一模一樣。」

「嗚喵～（這句話可以吐槽的地方也太多了吧……算了，我已經懶得生氣了。）」

被西絲蒂娜貓冷眼斜睨的同時，葛倫用湯匙舀了一口湯，「呼～呼～」地吹涼。

「喝吧。」

「喵……」

西絲蒂娜貓伸出小巧的舌頭舔著湯匙上的湯汁。

明明她的舉動就跟一般的貓沒兩樣，卻不知何故散發著優雅的氣質。

看到西絲蒂娜貓的那副模樣，葛倫也忍不住破顏微笑。

「西絲蒂娜……妳好可愛喔。」

「喵!?」

聽到這句破天荒的讚美，西絲蒂娜貓的腦袋瞬間沸騰了。

「本來想靠妳在貓展大賺一票的……沒辦法，看在妳長得這麼可愛的份上，還是放過妳好了。」

「喵、喵……？（可、可愛？我嗎……？不、不過老師誇獎的對象是貓吧……啊哇哇哇哇……）」

可是，不只被葛倫用名字稱呼，還被他稱讚可愛，換作是在平常，這種事情是絕對不可能發生的。西絲蒂娜貓腦袋發燙，溫度持續向上飆高。

「呼、呼……快喝啦。」

葛倫又舀了一口湯，把湯匙湊到腦袋沸騰到噴出熱氣的西絲蒂娜貓鼻子前。

——讓葛倫餵食。

原本西絲蒂娜只覺得自己是貓，讓葛倫餵食也無可奈何，可是現在卻覺得這種行為很難為情。

仔細想想，這不就像是情侶間的親密行為嗎？

……話雖如此，葛倫應該只當自己在餵貓吃東西吧。

「喵喵喵喵！（算、算了！我想辦法自己吃吧！）」

「喂、喂！那邊的湯還沒——」

西絲蒂娜貓不顧葛倫的制止兀自撲向湯盤，低頭就喝——

「喵呀——！（好燙————！）」

「笨蛋，誰教妳不聽勸告！貓舌就是怕燙還硬要喝！」

葛倫連忙安撫在餐桌上打滾的西絲蒂娜貓。

葛倫和變成貓的西絲蒂娜。

一點小事也能鬧得雞飛狗跳的一人一貓，就這樣共度愈來愈沉的夜晚——

——在已經換日的午夜時分。

「喵啊……（再撐一下下……再撐一下下就能變回人類了。）」

對貓的姿態感到無法適應而心力憔悴的西絲蒂娜貓，慢吞吞地走在阿爾佛聶亞宅邸的走廊上。

「喵……（唉，為什麼我會這麼倒楣……這一切都是老師的錯……）」

其實西絲蒂娜也知道怪罪葛倫很沒道理，可是她就是忍不住這麼想。

「喵……（都怪老師上課進度太慢……我才會碰到這種事……）」

這時——

西絲蒂娜貓發現走廊前方的某個房間開了一道門縫，微弱的燈光從門縫裡洩了出來。

西絲蒂娜貓記得那個房間是葛倫的臥房。

「喵～（那傢伙竟然還醒著？明明都是因為他上課打瞌睡，進度才會上得這麼慢……）」

一定要狠狠訓他一頓……只可惜做不到。

（這麼晚還不睡……他到底在忙什麼？）

西絲蒂娜貓一聲不響地鑽進門縫。

進入房間裡後，首先映入她眼簾的是專注地坐在書桌前的葛倫背影。書桌上堆著一疊高聳的書塔。

「……像這樣嗎？這個的話……不，依照白貓的魔力和魔術特性……不如拿這個做乘法運算……」

葛倫坐在書桌前單手捧著書，專注地進行某種作業。

（……？）

西絲蒂娜貓抬頭定睛注視著他的背影……

「呼啊啊……好想睡覺……嗯？原來妳在這裡啊，西絲蒂娜。」

不久，打著呵欠、伸著懶腰的葛倫注意到西絲蒂娜貓的存在。

「喵～？（你在做什麼？）」

「妳好奇我在做什麼嗎？哈哈哈，其實也沒什麼啦……」

葛倫把西絲蒂娜貓從地上抱起來放到桌上。

桌上有一張羊皮紙，上頭密密麻麻地寫著令人眼花撩亂的魔術式。

「喵……（這是……）」

「哈哈哈，妳這隻貓不可能看得懂吧。」

葛倫面露爽快的笑容向西絲蒂娜貓說道。

「我有一個學生，或者說是徒弟比較貼切吧……她是個臭屁的傢伙。」

「！」

「黑魔【碎屍風暴】……下次我打算教她這個咒文。這魔術會是她的新力量，雖然不簡單，可是現在的她肯定學得起來。所以我正在幫她調整術式，讓她學起來更輕鬆，使用起來也更方便。」

「喵!?（咦……!?）」

「而且最近她在魔術師的領域上，成長得愈來愈快了……我得幫她重新設計特訓菜單才行……」

西絲蒂娜貓轉頭環顧四周，確實發現像是寫到一半的特訓計畫表的紙。

葛倫撫摸西絲蒂娜貓的頭，說道：

「雖然我很討厭魔術……可是坦白說，傳授魔術給那傢伙是件有趣的事。我相信那傢伙未來一定能成為令我望塵莫及的偉大魔術師……而且她一定可以辦到我達成不了的事……我有這種預感。」

「喵……（老師……）」

「所以最近我每天熬夜，睏得要死……呼啊啊啊啊……」

或許是濃濃的睏意導致思考能力降低了。

也或許是今天難得有個可以說話的對象，儘管對方只是一隻貓。

看起來快睡著的葛倫繼續自言自語。

「那傢伙……西絲蒂娜……一開始我真的認為她是個很臭屁的傢伙……覺得這個乳臭未乾的小鬼根本不懂魔術的現實……」

「…………」

「可是她懷有我已經失去的、對魔術的熱情……即便在看清魔術的現實後，那股熱情也沒有因此消退……那讓我覺得很耀眼……」

「…………」

「而且……也多虧了她，我才能繼續留在學院……雖然她很臭屁……不過這件事……我還是很感謝她吧……」

「…………」

「不僅如此，她還滿重視朋友的……她之所以渴望變強，是因為想要保護朋友……這種心態會令人想為她加油吧……？也會想見證她未來的發展吧……？所以……這點辛苦也不算什麼……就當作是報恩吧……」

看來是已經累垮了吧。

葛倫說著說著，開始搖頭晃腦地打起瞌睡。

「喵……（老師……）」

一股暖流湧上西絲蒂娜貓的心頭，沁入肺腑。

「（雖然這男人很不正經……可是實際上……）」

西絲蒂娜貓感到靦腆，心跳加速，心中洋溢著愉悅又幸福的感情。

這種感情代表了什麼意思啊？當西絲蒂娜貓茫然地思考著這個問題時……

「呼啊啊啊啊啊啊……再加把勁好了……」

葛倫伸著懶腰打了一個大大的呵欠，準備繼續修改魔術式……

「……喵。」

這時，西絲蒂娜貓舔了一下葛倫的手。

「西絲蒂娜……？」

「喵～（今天就先休息睡覺吧，老師……不可以勉強喔。）」

葛倫定睛注視著像在呼籲什麼似地，抬頭看著自己的西絲蒂娜貓……

「……好吧。差不多該睡了。」

半晌後，葛倫忽然莞爾一笑。

「真不可思議。說不上來為什麼……可是我好像可以聽懂妳在說什麼……明明妳是貓啊……」

於是，葛倫起身朝擺在房間角落的臥床走去，一頭倒在床上。

「……妳要過來一起睡嗎？」

「喵！」

現在很想坦率地跟人撒嬌的西絲蒂娜貓開心地叫了一聲，從書桌上一躍而下，三步併兩步地從房間的另一頭跑過來，跳到葛倫躺臥的床上。

然後，西絲蒂娜貓把身體蜷縮成一團，躺在葛倫旁邊。

一人一貓在可以感受到對方呼吸的距離互相凝視。

「……唉，真拿妳沒辦法……」

葛倫伸手輕輕地摩娑著西絲蒂娜貓的頭……

慢慢地。

……慢慢地。

一人一貓落入了深沉的夢鄉。

…………

窗外傳來了告知天色已亮的鳥鳴聲。

躺在溫暖睡眠搖籃裡的意識緩緩浮上。

「……嗯……天亮了嗎……？」

葛倫微微地睜開眼皮。

陽光毫不留情地照射在迷濛的眼睛上。

沉重的一天又開始了……葛倫揉眼睛如此心想時——

「呼……呼……呼……」

他突然意識到耳邊傳來其他人的鼻息。

有一股溫暖的重量，靠在他的身體上。

「……什麼……？」

葛倫轉頭一瞧。

「呼……呼……呼……」

燦爛地反射著晨曦的美麗銀髮散落在床上，彷彿一條銀色的河川。

西絲蒂娜正抱著葛倫呼呼大睡。

這時的西絲蒂娜已經不再是貓。

而是一絲不掛、全身赤裸的少女。纖細的肩膀、頸子、胸口……如絲綢般平滑無瑕的肌膚令人目眩神迷。

「…………………」

葛倫的腦袋一片空白。

他受到了強烈的衝擊，連起床的倦怠感也瞬間煙消雲散。

「怎麼會？到底發生了什麼事？」

葛倫的時間完全停止了。

「……嗯……」

或許是感覺到有人一直盯著自己看，沒多久西絲蒂娜也漸漸地醒了過來。

眼尾微微上揚的綠寶石大眼對上了葛倫的黑色眼眸，像是互相對照的鏡子般，構成了無限迴廊。

「啊……老師……」

西絲蒂娜稍稍抬起身子把頭髮撥到耳後，灑在床上的銀河也隨之改變了流動的形狀。

「嘿嘿嘿……早安……」

西絲蒂娜頂著剛睡醒所特有的混濁意識，撒嬌似地向葛倫投以甜蜜的笑容，這時……

「…………」

西絲蒂娜突然整個人僵住了。她臉上掛著生硬的笑容，僵硬地轉動脖子逐一檢視自己的雙手和身體。

葛倫目不轉睛地看著西絲蒂娜，只見西絲蒂娜的臉逐漸刷白，過沒多久，她的臉又從慘白

轉變成紅色……

「呀……」

「呀？」

「呀啊啊啊啊啊啊啊啊啊啊啊啊啊啊啊啊啊啊啊啊啊啊啊啊啊啊啊啊啊啊啊啊啊啊啊啊啊——!?」

震耳欲聾的尖叫聲響徹了阿爾佛聶亞宅邸。

「不、不准看————！」

「嗚喔喔喔喔喔哇啊啊啊啊啊啊啊啊啊啊啊啊啊啊啊啊啊啊啊——!?」

腎上腺素爆發的西絲蒂娜使出怪力抽走床單。

西絲蒂娜這個舉動也導致葛倫從床上摔落，整張臉重重撞在地上，可是西絲蒂娜渾然不覺。

「嗄————!?」

「啊哇、啊哇哇哇哇哇哇!?」

西絲蒂娜把搶來的床單披在身上，倉皇地逃出葛倫的臥房。

（到、到、到底是怎樣……？）

葛倫眼冒金星，腦袋一片混沌。

就在葛倫陷入混亂時，樓下傳來了聲音……

「西絲蒂～！早安～！」

「早安，西絲蒂娜。」

「啊，妳順利恢復原狀了嗎……太好了！」

「嗯，太好了。」

「我幫妳帶新的制服和內衣褲來了……咦？妳怎麼了嗎？」

「魯、魯、魯米亞～～！梨潔兒～～！我、我、我……嗚、嗚哇啊啊啊啊啊啊！」

雖然隱約可以聽見耳熟的少女交談聲……

可是還沒來得及辨識出她們的身分，葛倫的意識便一口氣沉入深邃的黑暗之中。

……後來——

「原來是這樣……西絲蒂娜……不，那隻白貓其實是貴族養的貓嗎……」

在魯米亞的看護下恢復意識後，葛倫走在平時那條往學院的路上，遺憾地嘟囔。

「難怪，我就覺得那隻貓的氣質很高雅，有一種高級感……」

「是、是呀，沒錯……其實那隻貓咪走失後，飼主擔心了一整天……所以今天早上老師還在睡覺時，飼主就急著來把她領回家了。」

聽完魯米亞的解釋後，葛倫遺憾地嘆了口氣。

「呿！本來還以為可以靠她在貓展發大財呢……天底下果然沒有白吃的午餐。」

「啊、啊哈哈……」

「葛倫，你好過分。貓好可憐。」

魯米亞曖昧地笑了，梨潔兒則悻悻然地說道。

「話說回來——」

葛倫轉頭越過肩膀望向背後。

「……白貓是怎麼了？她感冒了嗎？」

只見身穿制服的西絲蒂娜垂低著紅通通的臉，無精打采地跟在三人後頭。這一路來她都在迴避葛倫的視線。

而且她的臉頰火燙得一直處於彷彿快要噴出熱煙的狀態。

「啊、啊哈哈……嗯，老師你就當她是感冒了吧。其實西絲蒂從昨晚就身體不舒服……至於詳細的情況還是不要深入追究了……」

「……？我是無所謂啦，總之妳要保重身體，別太過逞強了。」

語畢，葛倫也尷尬地把視線從西絲蒂娜的臉上別開。

（唉……所以說今早的那件事只是我在作夢嗎……）

葛倫搔頭心想。

（話說……我是怎麼了？雖然只是作夢，可是我居然夢到全裸的白貓……看來我這陣子真的太累了……或許是因為最近我滿腦子都在思考白貓的特訓吧……？）

「唉……」這時，葛倫和西絲蒂娜異口同聲地嘆了一口氣。

看來這兩人的憂鬱與糾結短期內是不會消失了。

捕獲梨潔兒大作戰

Re=L Catch up Mission!

Memory records of bastard
magic instructor

在某個風和日麗的下午。

西絲蒂娜、魯米亞、梨潔兒三人來到經常光顧的開放式咖啡廳，一如既往地坐在戶外座位。

圓形的茶桌中央放著一組茶具。

「所以這裡要像這樣……也就是說，只要這麼變換這條術式，就會……」

「啊，真的耶。西絲蒂好厲害。」

西絲蒂娜和魯米亞把教科書和筆記本攤開放在桌上，複習今天上課所學到的內容。

「…………」

當那兩人埋首溫習功課時，梨潔兒則是全神貫注在某個物體上。

那個東西就是草莓塔。

梨潔兒的面前擺著放在盤子上的草莓塔。

彷彿要瞧出一個洞似地，梨潔兒目不轉睛地盯著它。

「…………」

那個草莓塔愈看愈令人垂涎三尺。

口感酥脆的淡咖啡色塔座散發著甜甜的香氣。塔座上擠滿了鬆軟的卡士達奶油，奶油上大手筆地擺了好幾顆草莓，每一個草莓都上了一層果膠，裝飾得很漂亮，泛著水潤多汁的光澤。而裝飾用的薄荷散發出淡雅氣味，帶出了香草精的芳香。

「……嗯。」

面對這個完美得無可挑剔的草莓塔，梨潔兒開心地瞇起了看似昏昏欲睡的眼睛。

「啊，抱歉，梨潔兒。」

察覺到梨潔兒口水直流的模樣，西絲蒂娜語帶愧疚地向她說道：

「我們還得花一點時間討論……妳可以先吃喔？」

西絲蒂娜和魯米亞面前也分別擺著巧克力蛋糕和奶油泡芙……不過她們還沒複習完今天的功課。

「……可以嗎？」

「嗯，不用客氣。」

魯米亞笑咪咪地回答梨潔兒。

得到兩人的允諾，眼睛閃閃發光的梨潔兒迫不及待地伸手拿起草莓塔。

然後，她輕輕張開嘴巴，咬了一口。

「……！」

瞬間在口腔中擴散的酸甜滋味，讓梨潔兒的撲克臉露出幸福的微笑。

喀滋喀滋喀滋……

梨潔兒彷彿是啃果實的小松鼠，繼續默默地吃著草莓塔。

梨潔兒感到十分幸福。

每咬一口，她的腦袋就充滿了輕飄飄的欣快感。這種滋味不管體驗多少次都不會覺得膩。她願意永遠沉浸在這種幸福感之中。

（嗯……我果然……喜歡草莓塔。）

喀滋喀滋喀滋……

梨潔兒從頭到尾悶不吭聲，靜靜地享受著這份幸福時光。

然而——

梨潔兒的幸福時光——意外地結束了。

——滋！

梨潔兒的嘴巴突然感到一陣劇痛，讓原先充滿在她內心的甜蜜幸福滋味，瞬間如泡影般消失了。

「——!?　!?　!?　!?」

梨潔兒的身體頓時變得跟石像一樣僵硬。

身為帝國宮廷魔導士，梨潔兒受過大大小小的傷，可是她從來沒體會過這種令她忍不住翻白眼的痛楚。

（……那是怎麼一回事？錯覺嗎？）

愣了一下子，梨潔兒又下定決心咬了一口草莓塔……

——滋嘰！

「～～～～!?　!?　!?　!?　!?」

這次梨潔兒的口腔受到了比剛才更誇張的劇痛攻擊。簡直就像嘴巴裡有一道閃電劈了下來。

梨潔兒全身狂冒冷汗，臉色也漸漸發青。

「嗯～我懂了……難怪我之前會卡在這裡……」

「沒錯！第一次接觸的人，大家都會誤踩藏在這道魔術式後面的陷阱喔～」

魯米亞和西絲蒂娜讀書讀得正專心，完全沒注意到梨潔兒的異狀。

「…………………」

梨潔兒維持著咬住草莓塔的姿勢一動也不動。

這天發生了一個前所未聞的異常事態——那個草莓塔信徒梨潔兒，居然沒有把草莓塔吃完。

翌日。

「嗚喔喔喔喔喔喔喔——！久違地終於可以吃到一頓像樣的飯了——————！」

魔術學院的午休時間。突然有人在擠滿用餐學生而顯得鬧哄哄的學生餐廳放聲大喊。

不用說，那個人正是葛倫。

「哎唷！請不要在公開場合鬼叫！很丟人耶！」

「笨蛋！這個月的薪水終於入帳了，我怎麼可能冷靜得下來啊，白貓！一直靠犀洛特樹果腹到昨天的我，終於可以跟那段痛苦的日子說再見了！決定了，今天中午我要吃大餐——！」

「唉……誰教老師花錢都沒有計畫性，只能怪你自作自受啊……」

「啊哈哈，算了算了……」

西絲蒂娜一手扶著額頭無奈地嘆氣，魯米亞面露曖昧的笑容要她寬心以對。

至於梨潔兒則有如影子般跟隨在三人後面。

「…………」

乍看下跟平常一樣面無表情的梨潔兒，今天不知為何顯得有些鬱悶、無精打采。

在餐廳一角占到座位的葛倫等人各自端來喜歡的料理，熱鬧的午餐聚會就此開始。

葛倫雖然瘦，卻也是個大胃王，他一個人就點了烤牛肉、炸魚薯條、肉餅派、起司沙拉、焗豆、炒義大利麵等大量的料理，吃得狼吞虎嚥。

「老師你的用餐禮儀也太糟了吧!?」

「嚼嚼嚼——咕嘟！有什麼辦法！願意做飯給我吃的瑟莉卡這幾天因為教員研修不在家！所以我很久沒能好好飽餐一頓了——」

「真是的……既然如此，我當初說要做便當給你吃時，你為何要逞強呢……」（碎碎唸）

「啊？妳說什麼？白貓？」

「沒有呀！」

聚餐的時候，兩人就像這樣吵個不停。

「……咦？」

這時，面帶苦笑看葛倫和西絲蒂娜鬥嘴的魯米亞，忽然發現異狀。原本在享用麥片粥的她放下了手中的湯匙。

「梨潔兒，妳怎麼了？」

「…………」

梨潔兒的面前擺著一個裝有草莓塔的盤子。

這幅畫面本身並沒有異狀……問題是，梨潔兒不知何故並沒有把草莓塔拿起來吃，只是板著煩惱的苦瓜臉，直勾勾地注視著它。

「對了……梨潔兒妳昨天也沒把草莓塔吃完吧？」

西絲蒂娜也覺得匪夷所思，轉頭看著梨潔兒。

「到底怎麼了？該不會是身體不舒服吧？」

「沒有不舒服。」

「嗯……還是說，每次都吃草莓塔，妳已經吃膩了？」

「……沒有吃膩。」

不管西絲蒂娜和魯米亞怎麼問，梨潔兒也只是無精打采地回答，眼睛一直注視著草莓塔不放。

「嗯？梨潔兒，怎麼啦！妳肚子不餓嗎!?」

難得吃了像樣的一頓飯、龍心大悅的葛倫，也向梨潔兒搭了話。

「嘿嘿嘿！既然妳不吃，那我就收下了～！」

葛倫沒發現梨潔兒神情有異，毫不客氣地把手伸向她的草莓塔——

「不可以！」

受到葛倫這個舉動的刺激，梨潔兒終於有了反應，她連忙在草莓塔落入葛倫魔掌前先行拿走。

「……啊咕！」

然後她下定決心，一口咬下那個草莓塔。剎那——

滋嘰嘰嘰！

「嗶咿咿咿咿咿咿咿咿——!?」

只見梨潔兒抽搐著嬌小的身軀，發出了奇特的尖叫。

「怎、怎麼了啊？梨潔兒……妳哪裡不舒服嗎？」

葛倫、西絲蒂娜、魯米亞三人瞠目結舌地看著梨潔兒。

「嗚……嗚嗚～沒……沒什麼……」

向來面無表情的梨潔兒居然淚眼汪汪，用手摀著右邊的臉頰。

然後，她再一次挑戰草莓塔，只不過這次帶著戰戰兢兢的表情……

「嗯嗯嗯嗯嗯嗯嗯嗯嗯嗯嗯～～～～!?」

這次的反應還是跟之前一模一樣。

看到梨潔兒那副模樣，葛倫突然靈光一閃。

他伸手把梨潔兒摀著臉頰的右手拉開。

仔細一瞧，梨潔兒的右臉頰腫了起來。

「妳……嘴巴張開，讓我看看。」

葛倫懷著確信用另一隻手迫使梨潔兒張開嘴巴，一窺究竟。

他看到的是——

「啊、啊哈哈……這完全是蛀牙呢……」

在學院的醫務室。

梨潔兒躺在診療台上張開嘴巴，用小型齒鏡為她診察口腔的瑟希莉亞苦笑著說道。

梨潔兒右邊的其中一顆臼齒出現了偌大的黑洞——也就是蛀牙。

「梨潔兒……妳吃太多草莓塔了，小笨蛋。」

「我都沒注意到。這麼說來，我之前就覺得梨潔兒刷牙的速度好像有點太快了……」

「一定是因為刷牙沒刷乾淨的關係……要是我們有多留意她的狀況就好了。」

「嗚……」

面對傻眼的葛倫、嘆氣的西絲蒂娜以及擔心的魯米亞，梨潔兒不禁難過地低聲呻吟。

「蛀牙不及早治療的話會很嚴重。一定要徹底治好才行……瑟希莉亞老師，法醫術也能治好蛀牙嗎？」

瑟希莉亞面帶微笑回答了葛倫的問題。

「那當然了。我也精通牙科喔。」

「噢噢！真的嗎!?不愧是瑟希莉亞老師！在法醫術這塊領域，妳真的是萬能的呢！」

葛倫坦率地向瑟希莉亞投以尊敬的目光。

「請問具體而言要怎麼醫治呢？」

「嗯。已經蛀掉的牙齒和神經沒辦法透過現代法醫咒文再生，只能鑽開挖除。挖乾淨後，再用填土狀的擬似齒質填補被挖掉的部分，接著再用法醫儀式把填充物變換成跟牙齒同樣的成分，使其融合。如此一來，就能把牙齒徹底治好，彷彿不曾蛀過牙。」

「原來如此，還有這種治療法存在啊……」

葛倫和西絲蒂娜點頭讚嘆。

「啊～不過……鑽牙齒這個步驟倒是跟傳統牙科一樣呢。」

西絲蒂娜似乎被勾起了不好的回憶，面無血色地打了個哆嗦。

「我聽說過那非常痛……以前經過街上的牙科醫院門口時，連外面也可以聽見令人起雞皮疙瘩的慘叫，真的很恐怖……用機械驅動式的鑽頭鑽牙齒，光是想像那幅畫面，就讓人頭皮發麻……」

「？　？　？」

梨潔兒似乎聽得一頭霧水，呆若木雞的她頭上冒出了問號的符號。

「雖然我不是很懂……不過，治療那個……蛀牙？會很痛嗎？」

「沒問題的。我有效果良好的麻醉魔術藥，而且魔力驅動式的鑽頭，鑽洞速度很快。一點都不會痛喔？」

為了讓梨潔兒放心，瑟希莉亞微笑著說道。

「喂，白貓，妳沒事幹嘛嚇唬梨潔兒啊。萬一她嚇得逃走怎麼辦？」

「啊……對、對不起……」

聞言。

梨潔兒似乎對葛倫的說法感到不服氣。

「不要把我當小孩子。我很好。而且我不怕痛。」

梨潔兒悻悻然地說道。

「好啦好啦……那麼，能麻煩瑟希莉亞老師立刻幫她治療蛀牙嗎？」

「好的，沒問題。梨潔兒同學，請妳躺下來，然後大大地張開嘴巴。」

「嗯。」

於是，梨潔兒的蛀牙治療開始了。

瑟希莉亞首先用小型刷毛，慎重地把麻醉藥塗抹在蛀牙周邊的口腔。她所使用的麻醉藥非常有效，光是這個動作就能完全阻斷痛覺。

等到麻醉藥充分發揮效果後，終於要正式進行治療了。

「好，要開始囉？不用害怕～真的一點都不痛～」

「嗯……」

瑟希莉亞小心翼翼地把魔力驅動的小型鑽頭伸進梨潔兒口中，慢慢往蛀牙靠近……當鑽頭刺進牙齒後——

「嗯啊啊啊啊啊啊啊啊啊啊啊啊啊啊啊啊啊～～!?　!?　!?」

瞬間，梨潔兒彷彿要拆了學院校舍的屋頂，發出了一陣驚天動地的尖叫。

咚！鏗噹鏗噹啪鏘鏘鏘鏘鏘——！

梨潔兒像是繃到極限後彈開的彈簧，整個人跳了起來，把診療台和瑟希莉亞撞得東倒西歪，有如一陣風般撞破房門逃走了。

「「「瑟希莉亞老師——!?」」」

瑟希莉亞撞到牆壁後口吐鮮血，翻起白眼倒在地上，葛倫等人連忙上前查看情況。

「振、振作一點，瑟希莉亞老師——!?」

「咳噗……太、太大意了……那個麻醉藥……對極少數擁有罕見體質的人很難發揮效果……梨潔兒同學似乎剛好就是那種體質……」

「不會吧……運氣也太差了……」

「只……只要換其他麻醉藥……就沒問題了……可是梨潔兒同學她……逃走了……」

「沒、沒錯！留在這裡也不是辦法，我們得趕快去把她抓回來！」

葛倫等人迅速幫瑟希莉亞緊急治療後，衝出醫務室找尋梨潔兒的下落。

——場景來到二年二班的教室。

「喂……妳怎麼了啊，梨潔兒……？」
「不曉得發生了什麼事……？」
卡修和瑟西魯等二班的學生，目瞪口呆地看著擺在教室角落的掃地用具置物櫃。
「…………！」
喀嗟喀嗟喀嗟喀嗟喀嗟……
置物櫃關得緊緊的，頻頻震動。
梨潔兒就躲在裡面。
剛才梨潔兒橫衝猛撞地衝進教室後，把自己關在那個置物櫃裡不肯出來。
「梨潔兒同學，到底發生了什麼事……？」
放心不下的溫蒂向躲在置物櫃裡面的梨潔兒喊話，可是梨潔兒完全沒有反應。
就在學生們傷腦筋地圍觀著梨潔兒所藏身的置物櫃時——
「你們有看見梨潔兒嗎!?」
這回換葛倫等人慌張地衝進了教室。
「喂喂喂，老師……這次又出了什麼事情啊……？」
「啊、啊啊……其實是……」

葛倫簡短地向卡修等人說明了梨潔兒的情況。

「……原來如此，治療蛀牙嗎……確實很折磨人……」

卡修露出苦不堪言的表情說道。

「鑽牙齒真的很痛呢……」

「可是，蛀牙必須盡快接受治療呀！否則只會愈來愈嚴重！」

四周的學生紛紛點頭附和溫蒂的說法。

「那我就老實告訴你吧，老師。梨潔兒就躲在那個置物櫃裡面喔？」

卡修話一脫口。

置物櫃忽然搖晃得更猛了。

「竟、竟然躲在那裡……算了，謝謝。好，我們立刻把她拖回去治療吧。」

葛倫道謝後，立即伸手準備打開置物櫃。

然而……

喀嚓喀嚓喀嚓……

打不開。梨潔兒似乎從裡面把門拉住了。

「喂，梨潔兒……快點開門。」

「不要。絕對不要。」

梨潔兒語氣堅決地回答，隔著置物櫃，她的聲音變得很低沉。

「梨潔兒！蛀牙不及早治療的話，之後會更痛苦喔！」

「不要就是不要。」

西絲蒂娜的勸說，梨潔兒也聽不進去。

「不、不用害怕啦，梨潔兒。這次會換麻醉藥，所以不會痛了……」

「騙人……我好痛。」

梨潔兒用快哭出來的聲音回答魯米亞。

「真的好痛……所以……我絕對不會再被騙。我不想治療牙齒了。」

看來梨潔兒似乎已經產生了『治療蛀牙＝很痛』的刻板印象，而且深信不疑。

「吼！真會給人找麻煩！」

葛倫捲起袖子，作勢要強行打開置物櫃的門。

「軟的不吃，我只好來硬的了！嗚喔喔喔喔喔喔——！」

雖然葛倫的力氣沒梨潔兒大，可是從外側打開和從內側拉住相比，容易施力的前者占了壓倒性的優勢。

「不、不要！不要不要！」

置物櫃裡的梨潔兒拚命想要把門拉緊，可是門縫漸漸地變得愈來愈大。

「哼，笨蛋！只差一點點了——」

眼看門就要徹底打開的時候……

「不要……絕對不要————！」

被逼到絕境的梨潔兒如砲彈般自行衝出了置物櫃。

「奴哇啊啊啊啊啊啊——!?」

「咿咿咿咿咿咿咿咿咿——!?」

「呀啊啊啊啊啊啊——!?」

梨潔兒推開葛倫後，接著把嚇了一大跳的同學們一口氣撞飛，一溜煙地衝出了教室。

整個過程就像電光石火，發生得非常突然。

「那個大笨蛋————！」

葛倫氣到火冒三丈，握緊拳頭站了起來。

「老、老師，現在怎麼辦!?」

西絲蒂娜畏畏縮縮地向葛倫問道。

「當然是去把她抓回來啊!?可惡，她的蛀牙治好後，等著被我狠狠地打一頓屁股吧！」

「可是，失去控制的梨潔兒有那麼容易逮住嗎!?」

聞言——

「老師！這次也讓我們幫忙吧！」

「沒錯！蛀牙最重要的就是及早治療——我們願意幫忙老師捕抓梨潔兒同學！」

卡修和溫蒂登高一呼後，其他學生也紛紛自願加入義勇軍的行列。

「「「沒錯沒錯！」」」

「「「我們一起幫助梨潔兒治療吧！」」」

「你、你們……」

看到有那麼多同學愛護梨潔兒，展現出熱烈的友情，葛倫深受感動，這時……

碰！

「呼哈哈哈哈哈哈——！風聲也傳進我們的耳裡了——！」

「也讓我們助各位一臂之力吧——！」

只見教室的門猛然打開，兩名男子颯爽現身。

「世紀的天才魔導工學教授！奧威爾・休薩，旋風登場！」

「帝國享譽世界的真紳士！崔斯特・魯・諾瓦爾男爵！見義勇為，拔刀相助！」

「給我滾回去，你們這兩個蠢貨——————！」

「「嗚咿呀啊啊啊啊——！」」

葛倫助跑加速，毫不留情地向突然冒出來的兩個變態使出飛踢。

「何必那麼冷漠呢？我最大的競爭對手兼莫逆之交，葛倫老師！交給我的新發明，凡事都能迎刃而解！」

「沒錯！沒有本男爵的精神支配魔術無法解決的問題！」

「仔細看好！我早料到可能會發生這種情況，所以發明了這副奧威爾式『超級反常混合假牙ＤＸ』！只要把牙齒全部拔光裝上這副假牙，便能超級強化咬合力！即便是真銀也能咬得支離破碎！同時還具備了可以從嘴巴發出破壞力絕倫的雷射光線的功能——」

「嗚嘻、嗚嘻嘻嘻……因為蛀牙而痛得淚眼婆娑的少女……簡直是極品啊……身為帝國紳士，本男爵一定要逮捕她，用愛感化才行——！」

「就是因為這樣，我才不希望你們兩個也來湊熱鬧啊——！」

葛倫把頭髮抓得亂七八糟，以大吼的方式宣洩心中的不安。

「老師……再不快點，梨潔兒就不知道要逃到哪裡去了……」

「我知道！可惡，管不了那麼多了！」

經魯米亞的提醒，葛倫做好覺悟大喊：

「事到如今，我在此宣布——『捕獲梨潔兒大作戰』開始！大家一起共襄盛舉吧——！」

「「「「喔喔喔喔喔喔喔——！」」」」

團結一致的學生們振臂高呼，決心挑戰這道難關。

「唔～～！」

衝出校舍的梨潔兒在校園飛奔。

她亟欲衝出校外。

（不、不能留在這裡！我得快點逃走……！）

梨潔兒任由焦慮驅動自己的雙腿，像風一樣奔馳。

被那個詭異的鑽頭刺進牙齒的當下，她痛不欲生，那個令她全身起雞皮疙瘩的異次元痛楚，又重新在腦海浮現了。

（那絕對不是治療……應該是拷問……可是，為什麼葛倫要拷問我……？）

腦內一團混亂的梨潔兒絞盡腦汁思考。

（我知道了……葛倫一定是因為嫌我笨，所以才要懲罰我……！）

其實只要冷靜思考，就知道這是完全不可能的事……可是梨潔兒現在心亂如麻，根本顧不了那麼多。

無論如何，自己不想再嚐到那種痛楚了，必須盡快逃離這個學校。

如此心想的梨潔兒，眼看就要穿過正面的校門順利逃出學校——

碰！

「呀!?」

然而，在穿過校門的瞬間，她忽然被一面看不見的牆壁反彈回來。

「那、那是什麼……？」

發現自己被困在校園裡，梨潔兒難以置信地愣在原地。

「咯咯咯……少女啊，束手就擒吧！」

臉上掛著瘋狂笑容的男子——奧威爾現身在梨潔兒面前。

「為了防範於未然，我很久以前就駭進學院的防禦結界，徹底將它納入我的掌控之中了！現在這個校園已經完全被封鎖了！妳已經逃不出喔喔喔——！」

奧威爾話還沒說完，便被使出手刀朝他脖子砍去的葛倫打斷了。

「你是想防範什麼東西啊……!?這種行為已經是犯罪了吧……!?」

「不、不……我只是打算有一天把學生們關在充滿了喪屍型魔導人形的校園裡，藉此研究吊橋效應，這是為了非常崇高的學術目的——」

「去死吧————！」

葛倫接著使出後擲式背橋摔，讓奧威爾的後腦勺硬生生地撞擊到地面。

就在兩人展開大亂鬥時，隨後跟上的學生們將梨潔兒團團包圍起來。

「抱歉了，梨潔兒！乖乖讓我們逮捕吧！」

慢慢逼近的卡修向梨潔兒宣言道。

「大家……為什麼？為什麼要聯合欺負我……？」

梨潔兒噙著眼淚，怯生生地提出疑問。

「我們沒有欺負妳！」

「沒錯，蛀牙要及早治療，否則會愈來愈嚴重的喔？」

「嗯……快、快點跟我們去接受治療吧……好嗎？」

即使溫蒂、泰瑞莎和琳恩苦口婆心地勸告，梨潔兒也聽不進去。

「不要不要不要！接受治療只會更痛，怎麼可能治得好！大家都在騙我！」

梨潔兒用力搖頭拒絕。

「唉……麻煩死了。老師，怎麼辦？」

基伯爾受不了地把眼鏡往上推。

「這個找麻煩的丫頭！臭小子們，通通給我上——！」

葛倫有如邪惡的官員般下令進攻。

接獲指令，學生們從四面八方殺向梨潔兒。

「「「嗚喔喔喔喔喔喔——！」」」

但身為帝國宮廷魔導士團特務分室執行官代號7《戰車》的梨潔兒，可不是徒有虛名而已。

梨潔兒以卓越的矯健身手，東躲西閃地輕鬆閃過同時撲向她的學生們。

「老師，不行！我們完全捉不到她！」

看梨潔兒把眾人耍得團團轉，完全沒有落網的可能，莫可奈何的葛倫咬牙切齒。

「呼哈哈哈哈哈哈——！交給我來吧——！」

很快又重新復活的奧威爾從懷裡拿出石盤型魔導演算器後，嗶嗶嗶地以犀利的手速操作起來。

噗嘰噗嘰噗嘰——！

無數的圓形地雷，突然像是草菇般從梨潔兒附近的地面冒出來，數量密集到讓人寸步難行。

「為了防範於未然，我老早在校園設置好地雷了————！」

「所以說——」

葛倫將奧威爾的身體以頭下腳上的姿勢舉在背後，高高地跳到半空中——奧威爾的後頸枕在葛倫的肩口上，兩隻腳被掰開到彷彿快裂成兩半似的——

「你到底是在防範什麼鬼啊啊啊啊啊啊啊啊——！」

「呀啊啊啊啊啊啊啊——！」

葛倫就以這種姿勢架著奧威爾將他摔在地上。

那股猛烈的衝擊對奧威爾的背脊、脖子、腰、股關節造成了重創。

「那、那招是『※五處同時蹂躪關節技』……沒想到居然有人會這一招!?」（編註：典出漫畫《金肉人》。）

「西、西絲蒂，妳知道得好多喔……」

無視心生戰慄的西絲蒂娜和笑得曖昧的魯米亞，葛倫把奧威爾的身體隨手一拋，面向梨潔兒。

「先不管這個變態的犯罪行為了！地上有這麼多地雷，梨潔兒也只能乖乖手就擒了吧！」

葛倫自認勝券在握，然而……

乓咚咚咚咚！

「呀──!?」

砰轟轟轟轟轟！

「嗚咿咿咿咿咿咿──!?」

「唔哇──!?我不想死啊──!?我不想就此離世──」

滋咚咚咚咚！

「咳噗……如、如果我死了……拜託默默地把我藏在房間床下的聖書處理掉……」

「那明明是※性書吧，振作一點，瑟西魯──────！」（編註：日文中「聖」與「性」同音。）

咚乓乓乓乓乓！

沒想到學生們居然前仆後繼地誤踩突然冒出來的地雷，被炸得哀鴻遍野。

相對的，擁有絕妙平衡感和野生動物般直覺的梨潔兒，則是毫髮無傷，沒踩到半個地雷。

「我就知道……」

葛倫流了滿頭大汗，扼腕不已。

「喂！奧威爾！快點把那些莫名其妙的地雷收回去！那一點意義也沒有吧!?」

「唔……好、好吧！」

奧威爾又操作了一次魔導演算器，滿地的地雷頓時消失得一乾二淨（看來那似乎是一種傳送魔術）。

「嗯——！」

梨潔兒趁機咻的一聲逃走了。

留在現場的，只剩十幾個渾身焦黑、趴在地上昏迷不醒的學生。

「…………」

「…………」

葛倫和奧威爾默默不語地望著那幅毀滅般的畫面。

「你有什麼遺言想要交代的嗎？」

葛倫開口說道。

「哼！失敗乃成功之母！下一次我會把密度提高三倍，威力提高十倍的地雷展現給葛倫老師看的！敬請拭目以——」

「誰要期待那種東西啊啊啊啊啊啊啊啊啊啊啊啊啊啊——!?」

葛倫又一次以『五處同時蹂躪關節技』的姿勢架起奧威爾的身體，高高地跳到半空中——

場景移動到校舍後面。

「呼……呼……呼……」

逃出了地雷區的梨潔兒手撐在校舍牆壁上調整呼吸。

滋！

「好痛……」

梨潔兒微微皺起臉。蛀牙變得愈來愈痛了。

（嗚……可是……）

當痛到淚眼汪汪的梨潔兒低聲呻吟時——

「呼呼呼……找到妳了，梨潔兒……」

這回換一個形跡可疑的男子——崔斯特男爵從容地出現在她面前。

「……唔。葛倫警告過我，說你是絕對不能靠近的怪人……」

梨潔兒對崔斯特充滿了警戒，一步一步往後退。

「呵、呵呵呵呵……不想治療蛀牙，含淚忍痛的少女啊……怎麼會這麼口愛捏——！」

「……？」

看到莫名其妙進入興奮狀態的崔斯特男爵，就連梨潔兒也不免心生動搖和恐懼。

「欣賞妳那純淨沒有一絲汙穢的眼淚，固然是人生一大享受……不過，我做為紳士，看到像妳這種楚楚可憐的少女因為苦痛而喘息，還是會感到於心不忍，心痛到胸口都快裂開了……所以，可以請妳跟我一起去治療嗎？梨潔兒。」

「……不要！絕對不要！」

拒絕治療蛀牙是一回事，梨潔兒在生理上也排斥跟這個噁心的男人在一起。

「妳愈反抗我就愈興奮咳咳！那真的是太遺憾了……既然妳不肯乖乖跟我走，我只好用強迫的方式了。」

男爵慢條斯理地舉起手杖，口中唸唸有詞地唱起咒文。

（——咒文!?別想！）

梨潔兒像子彈一樣猛然往前衝，試圖以肉身衝撞男爵——

咻嚕咻嚕咻嚕——！

這時，梨潔兒腳下的地面突然產生了大量繩狀物體，一轉眼，她的身體被那些繩狀物五花大綁，吊掛在半空中。

「這……這是什麼……？」

纏在梨潔兒身上的東西，原來是會讓人聯想到章魚或烏賊的觸手。觸手的表面滿滿地覆蓋著淫滑的黏液……

「好……好噁心……」

對觸手感到不快與厭惡的梨潔兒不斷扭動身軀。

可是梨潔兒的身體慘遭無數觸手五花大綁，完全動彈不得。

「嘻嘻嘻，終於逮到妳了……」

男爵陶醉地望著被觸手纏身的梨潔兒。

「嗚嗚……嗚嗚嗚〜〜!?」

被奪走自由的梨潔兒噙著眼淚死命掙扎，可是觸手纏得緊緊的，絲毫沒有鬆脫的跡象。

「現在妳肯乖乖接受蛀牙的治療了嗎……？」

「不要！我就是不要！」

「妳愈反抗我就愈興咳咳！那真的是太遺憾了……身為紳士，逼迫少女做她不想做的事……是不被允許的……我只好耐著性子諄諄善誘，直到妳接受為止了……」

男爵「啪」的一聲彈了手指。

纏住梨潔兒身體的觸手開始蠕動。

滑溜的觸手在梨潔兒的大腿、上手臂、腋下、後頸、耳朵、肚子等部位鑽來鑽去——

「嗯嗚!?……啊!?嗚……什、什麼?好、好癢……!?有奇怪的……感覺……呀!?哈啊……哈啊……嗚……」

那股侵襲全身的奇妙觸感讓梨潔兒的身體漸漸變得火燙，呼吸也愈來愈急促，苦悶地扭曲著四肢……

這一幕看在第三者眼中。

梨潔兒只是在空無一物的空間一邊喘氣，一邊咕噥著「殺、殺了我吧」或者「我不會認輸的」之類的話，貌似痛苦地扭動著身軀。她的身上根本沒有觸手。

「呵……精神支配魔術就是要像這樣使用。」

崔斯特男爵以眼前的梨潔兒為例，沾沾自喜地向把嫌惡寫在臉上的葛倫等人炫耀。

「現在的梨潔兒被幻覺困惑，正在和根本不存在的現實搏鬥……精神支配最關鍵的一點就

是施術時不能被對方識破。勝負在戰鬥開始的當下就已經分曉了……這就是精神支配的基本，同時也是理想。你們明白了嗎？」

「啊啊，你的技術確實無話可說……」

單就技術層面而言，葛倫對崔斯特感到心服口服。梨潔兒是隸屬軍隊的魔導士。精神防禦力絕對不差。以正攻法的方式對她施展精神支配是不可能成功的。

可是崔斯特男爵利用莫名其妙的言行讓梨潔兒產生動搖，趁著她內心露出破綻時，透過眼力施展精神支配。後來的咒文詠唱只不過是虛晃一招。

晉升到第六階級的魔術師果然名不虛傳。

「男爵，你立下了功勞。可是……我們必須說一句話……」

趁男爵發出粗重的鼻息，欣賞著泫然欲泣的梨潔兒死命掙扎的模樣時——

葛倫和其他學生牢牢地架住了男爵的背部和四肢——

「「「「這樣的做法違反道德了————！」」」」

全員異口同聲地發出了靈魂的吶喊，拉著男爵去撞牆。

「咕喔哇啊啊啊啊——!?為、為什麼這麼對我!?我明明有遵守『YES LOLITA!NO TOUCH!』這條世界共通的紳士協定啊——!?」

「少囉嗦，你這性犯罪者！去死吧！看我踹死你——！」

葛倫卯起來狂踹趴倒在地上的男爵。

「——啊!?」

這時，擺脫了男爵的精神支配的梨潔兒一發現葛倫等人，二話不說又拔腿就跑。

「老、老師！梨潔兒又逃走了！」

「可惡！快追！小子們，跟我一起衝啊啊啊啊啊啊啊——!!」

葛倫領著劫後餘生的學生們繼續追蹤梨潔兒——

場景移動到哈雷在校舍內的研究室。

「這是什麼爛報告!?你們都學了幾年魔術了!?給我拿回去重寫！」

哈雷把報告退回給先前來繳交報告的幾名學生，並且狠狠地說教了一頓。

「文獻調查和考察都做得太草率了！你們是不是把魔術當兒戲啊!?」

「對、對不起……」

「我幫你們點出必須改善的地方和建議調查的文獻目錄了！你們回去仔細熟讀，在明天早上以前把報告修改完畢！知道了嗎!?」

「「「知、知道了！」」」

「還有！等一下我要忙著寫預計在下一次學會發表的論文！絕對不能讓其他學生靠近我的研究室！聽到了嗎!?」

「「「聽、聽到了！」」」

學生們立刻一哄而散。

「真是的，一群皮癢的傢伙……」

哈雷在變得靜悄悄的研究室煩躁地嘆了口氣。

「…………」

過了一會兒後，哈雷緊張兮兮地東張西望，甚至還起身檢查門外和窗外的動靜，確認四下無人。

「……好。」

接著，哈雷從辦公桌的抽屜拿出某個東西，小心翼翼地擺放在桌上。

「呼……剛才學生毫無預警地跑進來，害我收拾得很慌張，擔心不小心把它撞壞了……幸好完好無缺。」

哈雷視為寶物的那個東西，原來是精緻的瓶中船，只不過瓶子裡的模型船尚未完成……

哈雷用長長的鑷子夾起模型的微小零件，伸進瓶子裡面進行組裝。

「只、只差一點點就要完成了……」

如果使用魔術的話，應該不到一個小時就能組裝完畢了。可是哈雷卻刻意不使用魔術，僅憑自己的雙手和道具，花了好一段時間時間耐心組裝。

組裝瓶中船是哈雷唯一的興趣。

哈雷對於無謂的行徑向來表現出嗤之以鼻的不屑態度，所以對他來說，這個興趣也成了絕不能讓旁人知道的秘密。

現在……哈雷累積了一個多月的辛勞終於要開花結果了。

「……成、成功了！」

瓶中船大功告成。

剛才只欠臨門一腳時被突然上門的學生們打斷，哈雷因此忍不住發起了脾氣……可是那股怒氣如今已經煙消雲散。這種成就感果然是無可取代的。

而且這艘瓶中船工程相當浩大。無論是模型船的大小、零件的數量、精緻度和完成度，都不是過去的作品可以相提並論的。

「喔喔喔喔……終、終於……」

平常總是不苟言笑地板著臉，個性神經質的哈雷，這時露出了小孩子般的天真表情，痴痴地欣賞著瓶中船。此時……

咚乒乒乒乒乒乒乒乒乒乒乒！

哈雷的研究室的牆壁無預警地突然倒塌，有人從外頭闖入了。

是梨潔兒。

「什、什麼情況——!?」

「找到了！在這裡！」

「快追！把她抓起來——！」

哈雷還沒搞清楚狀況，無數學生便以葛倫為首闖進了研究室內。

「我抓到梨潔——嗚哇啊啊啊啊啊啊——!?」

咚啪鏘鏘鏘鏘鏘！

「可惡！她真的很難纏！包圍，把她包圍起來——！」

梨潔兒和試圖拿下她的學生們彷彿要拆了整間研究室，展開了一場激烈的混戰。

書架倒了，堆積如山的論文也塌了，桌椅被踹得東倒西歪，玻璃窗也被砸成了碎片……

「嗯嗯嗯嗯嗯——！」

「老師！梨潔兒逃到外面去了——！」

「追！別讓她跑了，快追——————！」

不久，梨潔兒和學生們在葛倫的號令下，如一陣狂風暴雨般揚長而去。

「…………………」

被破壞得滿目瘡痍的研究室內，如今只剩神情呆滯的哈雷。

一會兒後，哈雷低頭看了地面。

只見才剛完成的瓶中船掉在地上摔破了，瓶子裡面的模型船也早就不知道被誰踩得稀巴爛。

哈雷一臉茫然地注視著模型的屍體……

「我、我恨你……葛倫‧雷達斯……」

然後他頹然地跪倒在地，已經連生氣的力氣也沒有了。

他的背影瀰漫著一股淡淡的哀傷……

受到梨潔兒和葛倫等人的追逐戰影響，學院各地陸續傳出大小不一的災情……

然後……

「呼～～終於回來了……累死了。」

馬車抵達學院的前庭後，一身旅行裝束的瑟莉卡跳下了車廂。

『合同教員研修』，此乃阿爾扎諾帝國教導省主辦，由帝國各地的教育機關推派代表參加的活動。瑟莉卡以魔術學院代表的身分出席這場活動，在經歷長期的出差生活後，今天終於回到了菲傑德。

「話說回來，那個活動真是無聊又沒意義……」

本次合同教員研修的主題是『教師對於學生的體罰指導問題』。

教師以體罰的方式指導學生，這種問題從以前就普遍存在於許多國家的教育機關，但……

「哼，有夠可笑。什麼體罰指導，我們學院講究完全的自主性主義，不求上進的學生只會被自然淘汰，哪裡需要那種東西……真是的，學院長也太蠻橫了吧……硬是要指定我當代表……害我現在嚴重缺乏葛倫養分，都快死了……」

瑟莉卡咕噥著讓人摸不著邊際的話，離開馬車。

「算了。反正我也跟學院長談好條件，回來後要讓我和那傢伙放假……我們母子好久沒單獨旅行了，屆時再好好補充葛倫養分……嗯？」

往校舍移動的瑟莉卡無意間發現。

「…………」

梨潔兒搗著右邊的臉頰，垂頭喪氣地走在前庭。

「喂～妳怎麼一個人在那裡？梨潔兒。」

瑟莉卡若無其事地打了聲招呼後，梨潔兒嚇得身子一抖，戰戰兢兢地回頭。

「瑟莉卡……」

一看到瑟莉卡的臉，梨潔兒便淚眼婆娑……

「嗚嗚～～！瑟莉卡……」

梨潔兒撲向了瑟莉卡，緊緊地抱著她。

「拜託……請妳救我……」

「……嗯？發生了什麼事嗎？」

瑟莉卡溫柔地撫摸梨潔兒的頭，梨潔兒支支吾吾地交代了原因。

「嗯……葛倫……他對我做了很過分的事。只因為我頭腦不聰明……他就要對我做很痛的事……做為懲罰。」

「……妳說什麼？」

聞言，瑟莉卡倏地停止摸頭的動作，臉色變得非常凝重。

「妳說的是真的嗎……？」

「嗯……我說了好幾次不要這樣了……可是葛倫硬要強迫我接受……他說他是為了我好，那一定是騙人的。」

瑟莉卡突然想起教員研修的內容。

那些以體罰的方式指導學生的教師，他們的共通點就是『我這麼做是為了學生好，有什麼不對？』這種主張。

（不會吧……這怎麼可能？）

瑟莉卡努力讓自己保持冷靜，向梨潔兒追問。

「妳確定沒有搞錯嗎？那傢伙真的要對妳……？」

「嗯，是真的……好痛……我還以為要死了。」

「……可、可是……」

「葛倫還命令班上其他同學幫忙抓我。因為我不乖乖聽他的。」

「……!?」

瑟莉卡又想起了教員研修的內容。

施行體罰指導的教師，很多人都會利用恐懼支配學生，透過同儕團體施壓指導對象。

「可、可是……我實在無法相信葛倫他會做出這種事情……什麼!?」

瑟莉卡赫然發現。

梨潔兒的右臉頰變得又紅又腫。

「嗚……好痛……」

再加上梨潔兒痛苦似地用手摀著腫脹的臉頰……

（難道她真的被打了!?是葛倫打的!?怎麼會這樣……）

這個事實教瑟莉卡感到難以置信。

「原來妳在這裡啊，梨潔兒！」

這時，葛倫一群人浩浩蕩蕩地出現了。

「——!?」

見狀，梨潔兒立刻躲到了瑟莉卡背後。

「噢，妳回來啦，瑟莉卡！」

「……是啊。」

有別於熱情打招呼的葛倫，瑟莉卡的態度有些冷淡。

不知何故，瑟莉卡現在散發著可怕的感覺。

「啊，原來妳幫忙逮到梨潔兒了嗎!?謝啦！快點把她交給我吧！」

然而，葛倫絲毫沒有發現瑟莉卡的樣子不對勁，如此說道。

躲在瑟莉卡後面抓著她的梨潔兒，嚇得抖了一下。

「哎呀～這傢伙費了我好大的力氣……等一下我一定會好好懲罰妳，給我做好心理準備吧？」

葛倫打趣似地說道後……

「果然是真的嗎……」

瑟莉卡以銳利的眼神直盯著葛倫，抬起手臂保護梨潔兒。

「……瑟莉卡？」

「聽說……你好像對梨潔兒做了很過分的事？」

「啊!?很過分的事!?」

葛倫覺得莫名其妙，不耐煩地提高了音量。

「拜託！這一切都是為了梨潔兒好嗎!?雖然當下可能會很痛，可是到頭來這麼做是在幫助她啊!?到底有什麼不對!?」

沒錯，蛀牙一定要接受治療。放著不管，不但會難以進食，一旦惡化還有可能會引發各式各種併發症。有些病症甚至會危及性命。

「不要把事情複雜化，快點把梨潔兒交給我！現在我要帶她去——」

瑟莉卡用力咬緊了牙齒……

「你已經墮落成這個德性了嗎……！」

「咦？」

看到瑟莉卡用燃燒著怒火的眼睛注視著自己，葛倫兩眼發直。

下一秒鐘。

咚轟轟轟轟轟轟轟！

前庭突然發生了驚人的爆炸。

瑟莉卡發動了攻擊咒文。

「「「「嗚哇啊啊啊啊啊啊啊啊啊啊啊啊啊啊啊——!?」」」」

葛倫和他率領的學生們七零八落地被炸飛到了空中。

「咳、咳咳!?混、混蛋，妳突然發什麼瘋啊!?瑟莉卡!?」

「閉嘴！我可不記得自己有把你教成這樣！可惡……我為此感到丟臉……！」

「……嗯？……咦？」

葛倫定睛一瞧，發現氣憤填膺的瑟莉卡眼眶裡噙著淚水。

「就算學生再怎麼不成材……身為教師，身為一個人，你真的覺得用體罰跟痛楚教育學生妥當嗎!?」

「……什麼？等……那個……師父大人？妳是不是誤會了什麼？我們只是要——」

葛倫終於發現瑟莉卡似乎不太對勁，滿頭大汗地想要解釋清楚，然而——

「《閉嘴》！」

咚砰轟轟轟轟轟轟轟轟！

「「「呀啊啊啊啊啊啊啊啊啊啊啊啊啊啊啊啊啊啊——！」」」

第二個大爆炸把葛倫等人像鳥一樣震得飛在空中。

「咳咳！啊啊啊啊——可惡！那傢伙是不是誤會了什麼啊!?」

渾身焦黑的葛倫一邊抓頭一邊吼叫。

「阿、阿爾佛聶亞教授！您搞錯了！」

「是啊，我們只是想幫梨潔兒——」

「《多說無益》！」

滋咚咚咚咚咚咚咚咚咚咚咚！

「「「「喔哇啊啊啊啊啊啊啊啊啊啊啊啊啊啊——!?」」」」

即使學生們想要幫忙解開誤會，怒火中燒的瑟莉卡也根本聽不進去。

「怎、怎麼辦呀，老師！」

「梨潔兒有教授助陣，這樣下去永遠沒辦法帶梨潔兒接受治療了……」

西絲蒂娜和魯米亞在第一時間張開【力量護盾】僥倖逃過一劫，不知所措地詢問葛倫。

「除了硬碰硬……也沒其他辦法了吧！」

葛倫懷著悲壯的覺悟向瑟莉卡宣戰。

「我們是為了梨潔兒好！」

「你這笨蛋徒弟！那明明是錯誤的指導方式，為什麼你就是想不通啊!?」

葛倫和瑟莉卡你瞪我我瞪你，現場瀰漫著一觸即發的火藥味。

為了梨潔兒，葛倫不惜挺身而出對抗令人絕望的強敵，那個背影激起了現場其他人的勇氣。

「老師……我們也要戰鬥……！」

不只是卡修——

「沒、沒錯！我們不能就這樣放棄梨潔兒！」

還有溫蒂——

「可惡……雖然對手不好惹，可是既然起了頭，也只能硬幹到底了……」

跟基伯爾——

「「「我們也要加入戰局——！」」」

以及羅德和凱等，之前誤觸奧威爾的陷阱而被擊倒的學生們，也紛紛復活趕來支援。

現在，所有二班的學生團結一致，決心共同對抗最終最強的大魔頭。

「謝謝你們……！和我一起戰鬥吧……！」

葛倫領著堅強可靠的生力軍，帶頭往前衝——

「全軍突擊——！」

「「「喔喔喔喔喔喔喔喔喔喔喔喔喔喔喔喔喔喔喔喔喔喔喔喔——！」」」

一邊是殺氣騰騰地洶湧而至的葛倫等人——

「一群笨蛋！看我怎麼矯正你們那扭曲的性格——！」

一邊是開口詠唱咒文的瑟莉卡——

一場殺聲震天的激戰爆發了。

——後來……

「啊哈哈哈哈！搞什麼，原來是要治療蛀牙啊！拜託早點說嘛！」

「……我們早就想講了，是妳不聽我們解釋啊……」

瑟莉卡捧腹大笑，用掌心拍打著全身焦黑滿是煤末、體無完膚的葛倫背部。

「可惡……明明只是要治療蛀牙，為什麼會搞成這樣……？」

葛倫環顧四週。

原本綠意盎然的美麗前庭如今已經化作了寸草不生的焦土。

而且跟隨葛倫奮戰到最後一刻的學生們通通失去了意識，就像被隨意丟棄的破抹布一樣倒成一片。

「好、好誇張的戰鬥……」

「呼……呼……我還以為要死了呢……」

面露苦笑的魯米亞和一臉累得半死的西絲蒂娜，也全身沾滿了煤末。

「無論如何……終於可以帶梨潔兒去治療蛀牙了……好、好漫長……」

葛倫走向被捲入戰鬥的餘波癱倒在地的梨潔兒，用腳把她搖醒。

「喂！快點起來，梨潔兒！」

半晌……

「……嗯？嗚……」

意識模糊的梨潔兒慢吞吞地坐直了身子……

「……唔？……呸。」

然後，她張嘴吐出了一顆看似小石子的東西。

「真是的，害我吃了這麼多苦頭！這次妳已經無處可逃了！就連瑟莉卡也支持我們——」

這時——

「老、老師，先等一下！」

看到梨潔兒吐出來的那個東西後，西絲蒂娜驚愕地大叫。

「這是……牙齒！梨潔兒的蛀牙掉下來了！」

「妳說什麼!?」

葛倫瞪大了眼睛。

他撿起那個物體一瞧，證明那確實是蛀牙。

「哼哼……這顆牙齒本來就搖搖欲墜了……是因為受到倒地的衝擊才掉下來的吧？」

如是說後，瑟莉卡在梨潔兒的眼前蹲下，要她張開嘴巴。

「我瞧瞧，啊嗯……唔？噢，恭喜妳啊，梨潔兒！」

「為、為什麼這麼說？瑟莉卡。」

「哎呀，因為她掉下來的牙齒似乎是乳牙。」

「什麼……乳牙……？」

「而且新的牙齒已經從下面冒出來了喔。這樣子應該是不需要治療了。」

葛倫探頭檢查梨潔兒的口腔後，正如瑟莉卡所言，新牙確實隱約冒出頭來了。

「所以我不需要去鑽牙齒了嗎？不用做痛痛的事了嗎？」

「是啊，沒錯。」

「是嗎……嗯……太好了……」

梨潔兒鬆了一口氣，開心地點點頭。

可是——

「為了帶她去拔牙，我們勞師動眾，搞得人仰馬翻……結果只是在做白工嗎……？」

完全是白忙一場。

葛倫受到了嚴重的精神打擊……

碰！

「老、老師!?」

「振作一點啊，老師！」

他腦袋一陣天旋地轉，應聲倒地。

西絲蒂娜和魯米亞連忙上前查看葛倫的情況。

——幾天後。

葛倫被認定是這起罕見騷動的最大責任者，毀損校內公物和督導學生不周都算到他頭上，除了必須寫報告外，還受到殘酷的扣薪處分（不知何故，哈雷這次追究葛倫的責任時，比平常都更心狠手辣，到了幾近偏執的程度）。

理所當然地，葛倫又回到了只能嚼犀洛特樹根充飢的窮困生活——

至於另一個理所當然的結果是，梨潔兒現在養成飯後勤奮刷牙的好習慣了。

THE JUSTICE

Memory records of bastard
magic instructor

不正經的魔術講師與追想日誌

Memory records of bastard magic instructor

「呀啊啊啊啊啊啊啊啊啊啊啊啊啊啊啊啊啊——!?」

「畜、畜生!?我的手!?我的手啊啊啊啊啊啊啊啊——!?」

「怪、怪物!?那傢伙根本是怪物!救、救命啊咕——喔!?」

某魔術公會設為根據地的城館大廳。

那個地方如今瀰漫著濃濃的『死亡』氣息。

有著天使外貌的人工精靈揮舞手上的劍,宛如死神的旋風。

劍的軌跡構成了一道道變化自如縱橫無盡,令人眼花撩亂的銀閃——

翻轉的銀、電光石火的銀、飛舞的銀、突刺的銀、從天而降的銀、亂舞的銀——

劍舞的濁流以常人肉眼根本捕捉不到的神速,如漩渦似地翻騰著。被捲入那個漩渦的可憐犧牲者們無不遭到千刀萬剮,化成慘不忍睹的肉塊散落一地。

無論是牆壁、地板或天花板,整個空間充斥著黏稠的紅色、斷肢以及色彩鮮豔的內臟,那幅畫面像是某種異常的前衛藝術。

帶著痛苦、絕望與恐懼的哀號聲此起彼落。

一齣像是經過縝密計算的歌劇般、世上最淒慘的獵奇慘劇,以哀號聲做為背景音樂,淡然地照著劇目演出。

主導這齣慘劇的是一名青年。

身穿帝國軍魔導士禮服，身形修長的青年。

灰色的頭髮，蒼白的皮膚。眉清目秀的他堪稱是美男子，不過，他的臉看起來冷酷帶有攻擊性，並非是那種能融化女性的甜美面孔。

乍看之下，他的眼睛綻放著帶有沉穩而理性的光芒。可是只要定睛細看，任誰都會發現那道光芒是混沌色的烈焰所散發出的暗黑之光。

冒牌天使管弦樂團合奏出這齣慘劇，這名宛如披著人皮的惡魔或死神的青年，正是指揮者。

青年如指揮演奏般地揮舞雙手，某種粉末便從他的手套朝四周撒下。那些粉末形成了更多冒牌天使，天使們張開了翅膀，像是要繼續擴散死亡與絕望。

鍊金術的奧秘──人工精靈召喚術。

「可、可惡！又來了──咳嗄!?噗──」

「勇、《勇猛的雷帝‧拿起極光的閃槍‧刺──啊啊啊啊啊啊啊啊啊啊!?」

殘存的人類試圖以魔術迎擊以神速滑翔而來的天使，只可惜他們的反應實在是太慢了。

有的人連開口唱咒都來不及，有的人才唱到一半，他們最後都化成不會說話的肉塊，飛出去貼在牆上形成詭異的裝置。

「真教人失望，明明我聽說這個魔術公會實力還挺堅強的，結果不過爾爾嗎……雖然早在我的『預料之中』。」

青年彷彿在熟悉的庭院散步，悠然走在血肉橫飛地獄漩渦之中。

他鎖定了幾名幸運地尚未被天使盯上的人——他們正聚在一起擺出應戰姿勢，像是在保護什麼東西。

「為什麼……到底是為什麼!?」

疑似是這群倖存者領袖的人咆哮道。

「帝國宮廷魔導士團特務分室執行官代號11！《正義》賈提斯・羅凡！為什麼你要來屠殺我們公會——!?」

聽到這個問題，青年——賈提斯露出了冷笑。

那抹陰沉的笑容，讓籠罩在他身上的黑暗彷彿變得更幽深了。

「……這問題的答案不是顯而易見嗎？魔術公會《賢綠派閥》的公會長，賽法閣下……因為這是『正義』啊。」

「正義!?這是哪門子的正義!?」

賽法環視了四周的地獄後，憤怒地渾身發抖，發出咆哮。

「這種單方面的屠殺到底哪裡是正義了!?」

「哈哈，不要小看我了，賽法。你瞞得了愚昧的軍方高層，但你以為你瞞得了我嗎？」

賈提斯冰冷的視線注視賽法。

「魔術公會《賢綠派閥》……表面上，你們是獲得女王陛下認可的帝國法人組織，檯面下卻跟那個喪盡天良的邪惡恐怖組織《天之智慧研究會》勾結在一起……你們暗中生產禁忌的魔藥《天使之塵》，將其提供給組織……」

秘密被賈提斯揭穿，賽法目瞪口呆，一臉狼狽。

「居、居然被發現了……!?這怎麼可能……!?帝國軍從哪獲得這個情報的……!?不、不過，那是因為——」

「啊啊，沒關係，你不用解釋了。」

賽法有意為自己辯解，但賈提斯只是露出沉穩的表情聳肩說道：

「你們有『很多苦衷』對吧?好比說『公會成員的家人被抓去當人質了』、『為了殺雞儆猴，有人死於非命』、『我們是被迫服從組織的』……諸如此類的。啊啊，可以了。你們是被害者。不用鉅細靡遺地交代得那麼清楚。我都知道。」

「既、既然如此——」

「可是你們罪不可赦。去死吧。」

賈提斯毫不留情地斬斷了賽法心中浮現的一絲希望。

剎那，天使們如一陣疾風般穿過賽法一幫人——只見圍住賽法以人牆保護他的數名魔術師，人頭同時飛到了空中。

如噴泉般從屍首噴出的鮮血，將賽法和天花板都染上鮮紅。

「屈服邪惡，為虎作倀的你們早已沒有生存的價值。我的正義無法原諒你們。我在此宣判你們死刑。以死償還你們的罪吧，人渣們。」

賈提斯話說得理直氣壯，痛下殺手時連眼皮也沒眨一下，可是從他的眼神，看不到一絲殺人狂在凌虐弱者時所常見的殘酷與愉悅。

他的眼神流露出的只有義憤。純粹的正義之光。

這也讓賈提斯那身陰險的瘋狂氣息顯得更加突兀，更令人毛骨悚然。

「嗚……」

被賈提斯的狂氣震懾住的賽法戰意盡失，連話也說不出來。

「好、好吧……我也知道自己罪孽深重……我願意以死謝罪……」

知道自己活不過今天的賽法認命地垂低頭喃喃說道。

「可是，求求你放過她……放過我的妹妹莉洛吧……！」

仔細一瞧，只見有個還未滿十歲的稚嫩少女躲在賽法背後不停發抖。

「莉洛真的什麼都不知情……！她是無辜的……！她從沒參與過我們的活動……！不是公會的成員……！追根究柢，她根本不是魔術師，只是個平凡人！所以……！」

賽法用快哭出來的聲音拚命向賈提斯求饒……下一瞬間——

「斷難從命。」

噗滋。

肉被刺穿的低沉聲響傳進了賽法耳裡。

「……咳噗……!?哥、哥哥……？」

「莉、莉洛……？」

不知不覺間。

如刺客般無聲無息地出現在莉洛背後的天使，把長槍刺進了她的背部，直接貫穿她的心臟。

這是必死無疑的致命傷。

年幼的少女還來不及跟兄長告別，一下子就斷氣了。

「莉、莉洛……莉洛……!?嗚喔喔喔喔喔喔!?莉洛——————!?」

好不容易認清事實後，賽法抱著年幼妹妹的屍體痛哭失聲。

接著他一臉憎恨地面向賈提斯，彷彿要叫破嗓子似地大吼。

「賈提斯・羅凡！為什麼!?為什麼你連我妹妹也不放過!?」

賈提斯對賽法那要他死無葬身之地的詛咒與怨念視若無睹，隨口回答道：

「因為這是正義啊。」

「什——」

「很遺憾，可是逃不過我的眼睛……兄長和情同家人的公會成員當著自己的面被殺，那女孩在長大之後勢必會懷恨在心，變成危害帝國的存在……我『看得到』這樣的未來。」

如是說的賈提斯，對自己的說詞充滿了自信。

「如果那股怨恨只是針對我個人也就罷了，可是一旦超越私怨的範疇，把矛頭指向整個帝國的話呢？那也只能除之而後快了吧？」

「什……什麼……!?」

「放過她一個人，最終將會導致好幾百個無辜的市民死於非命……可是我現在殺了她，就能預先拯救那好幾百條人命……咯咯咯，如果這不叫『正義』，又是什麼？啊哈哈哈！」

「荒、荒唐……這、這種事情……怎麼可能現在就知道!?」

「偏偏我『現在就知道』。因為我的正義女神是能看穿世上一切公正不阿的天秤。」

如是說後。

賈提斯彈了一下手指。

無數的人工精靈天使翩翩而降，把抱著妹妹屍首一臉呆滯的賽法團團包圍住。

然後，所有的天使把劍抵在賽法的脖子上——

「瘋了……你已經瘋了……賈提斯・羅凡……！」

賽法從喉嚨擠出聲音低吼道。

「在你看來或許是如此吧。在你看來。」

可是他的呻吟對賈提斯而言有如耳邊風。

明明近在眼前，賽法卻覺得賈提斯的存在遠如天邊。

——半晌，沒有任何的寬容與猶豫，一切都結束了。

「正義執行完畢。」

賈提斯拂動了魔導士禮服的衣襬，轉身離去。

「咯咯咯……啊哈哈……啊哈哈哈哈哈哈哈哈哈哈哈哈哈哈哈哈哈哈──！」

賈提斯發出令人不寒而慄的嗤笑，獨自一人離開了血流成河的殺戮現場──

…………

阿爾扎諾帝國的首都──帝都奧蘭多。

郊區矗立著由五座拔地而起的高聳巨塔所組成的建築物。

人稱《業魔之塔》的這個地方，正是帝國宮廷魔導士團的總部。

回到《業魔之塔》的賈提斯悠哉地走在塔內通道上，準備前往特務分室的辦公室。

幾個魔導士團的人遠遠地觀察著賈提斯，竊竊私語。

「喂，你聽說了嗎……關於特務分室的賈提斯的事情……」

「啊啊，就我聽到的傳聞，他這次又做了令人髮指的事……」

「……可是他戰功彪炳，高層好像也不敢對他說三道四……」

「可是他真的做得太過火了……我們是不是該去勸勸他？」

「別鬧了！別跟那傢伙扯上關係，隨他去吧！以前有人把賈提斯視為威脅，試圖把他逐出軍隊……結果那個人有一天卻意外身亡……」

「難、難道說，是因為……？」

當賈提斯對那些閒言閒語的魔導士同袍徹底視若無睹，自顧自地走著的時候……

「哎呀？」

賈提斯不經意地發現。

「你這傢伙……上一個任務到底是怎麼搞的!?」

「…………」

有一名忿忿不平，自始至終不發一語的青年魔導士，被另一位貌似長官的魔導士抓住衣襟咆哮。

而且長官似乎被青年魔導士的態度激怒了，甚至還揮拳揍了他。

默默地挨揍的那名青年魔導士的名字是……

（……葛倫・雷達斯？）

他是加入特務分室才短短一年多的年輕魔導士。

葛倫入室後頻頻以下剋上，屢創顯赫的戰績，可是他只是個低階的魔術師，所以他能有這種表現令人十分難以置信。

賈提斯用眼角餘光瞄了葛倫一眼，忍不住皺起眉頭。

（……唔。真是奇妙……這次他又活著回來了嗎？）

賈提斯聽說葛倫這次是代表特務分室支援其他部隊，參加殲滅某個實力高強的邪道魔術師的任務。

那時候，賈提斯透過自己的固有魔術──一種類似預知的行動預測術，算出葛倫有很高的機率會在這場任務戰死。

（……不管是兩個月前的吸血鬼事件，還是這次的任務，他竟然都活了下來……以機率而言，實在令人匪夷所思哪……？）

『即便是交戰一百次會敗陣九十九次的戰鬥，還是能在第一次戰鬥時，引出那僅有一次勝利的男人』──這是不管面對多麼令人絕望的戰鬥，總是能活著回來的葛倫，從其他的軍隊魔導士口中所獲得的評價。

賈提斯對自己的行動預測術抱有絕對的自信，所以他看總是超出他計算的葛倫非常不順眼。

（算了，先不管那個……）

賈提斯把個人的偏見擺在一旁，笑咪咪地替葛倫和那個長官打圓場。

「好了好了，冷靜一點吧，米蓋爾・布拉卡。在人來人往的地方爭吵多難看。」

「是你，賈提斯・羅凡!?」

男子——米蓋爾注意到賈提斯後，氣憤地瞪著他。

然後米蓋爾槓上了賈提斯，向他咆哮：

「喂，要我說幾次你才懂!?我可是你的長官！看到我不會敬禮嗎!?跟我說話客氣一點，垃圾！」

米蓋爾指著自己的胸口，上面有一個表示《千騎長》軍階的徽章在發光。

《二等兵》《一等兵》《上等兵》屬於士兵，《從士》《從騎士》《從騎士長》屬於士官，《正騎士》《十騎長》《百騎長》屬於軍官，《千騎長》《萬騎長》《元帥》則屬於將校階級。

葛倫和賈提斯的軍階都是《正騎士》，屬於最低階的軍官，對他們而言，身為將校的米蓋爾理當是高高在上的存在，然而……

「哈哈哈，先別談禮貌的問題了，這場爭執的原因是什麼呢?米蓋爾。」

賈提斯卻完全不在乎身分的高低。

「我們不是為了消滅邪惡並肩作戰的夥伴嗎……可是我們卻像這樣彼此攻訐……啊啊，沒有比這更悲傷的事了……明明只要好好溝通，一定能相互理解的。」

「～～～～!?」

或許是受到賈提斯那不把人放在眼底的態度刺激，怒髮沖天的米蓋爾反射性地瞄準他的臉孔揮拳。

啪！

可是賈提斯游刃有餘地用掌心擋下米蓋爾的拳頭，順勢握住。

「原來如此，你想要跟我握手言和嗎？這樣很好……只不過，你的握手方式還挺前衛的。」

「嗚……!?」

米蓋爾冷汗直流。

被賈提斯扣住的拳頭和手臂完全無法動彈。

賈提斯沒有採取任何行動。

賈提斯只是扣著米蓋爾的拳頭，面露溫和的微笑，以那雙彷彿能看透米蓋爾內心、冰冷又陰沉的眼睛，視他如敝屣般，定睛凝視著他。

米蓋爾也是在戰場出生入死的軍人。光是像這樣被扣住拳頭，就感覺得出來賈提斯看似纖細的胳臂隱藏著驚人的力量。也知道只要賈提斯『想那麼做』的話，他的拳頭很有可能就這樣被捏爛……

「呿！」

米蓋爾受到焦慮的驅使跳開，賈提斯也配合地放手。

「葛倫・雷達斯……賈提斯・羅凡……你們兩個最近是不是太不把軍隊放在眼裡了……!?」

米蓋爾搗著剛才被扣住的手，如喪家犬般地大吼大叫。

「違抗命令又專斷獨行……你們兩個是軍隊的毒瘤，實在太可悲了！別以為你們能一直擅自妄為下去……！」

「啊哈哈，很抱歉我這麼我行我素……畢竟這支軍隊裡找不到比我更會制裁罪惡的人才了嘛……如果軍隊有更多值得信賴的『對等同袍』，我也會比較安分一點囉。對吧，米蓋爾。」

「唔……你們給我記著！」

賈提斯的說法明顯帶有『你太弱小了』的弦外之音，備受屈辱的米蓋爾臉一陣青一陣白，氣得肩膀發抖，落荒而逃似地準備轉身離去。

賈提斯朝著他的背影喃喃地撂下一句話。

「給你一個忠告吧，米蓋爾……你看起來死期將近了。」

「!?」

「勸你時時保持警戒。往後你要更小心行動。如果想長命百歲的話……咯咯咯……」

「廢話少說，閉嘴——！」

米蓋爾不想再搭理賈提斯的戲言，揚長而去。

「真奇怪……明明我是基於好心才給予建議的……」

接著，賈提斯聳聳肩，拍了拍默默無語地將頭撇向一旁的葛倫肩膀。

「葛倫，我們走吧……我們的室長大人在等我們回部隊報到呢。」

「…………」

如是說後，賈提斯偕同葛倫前往特務分室的辦公室。

「……你們兩個真的是令人頭痛的問題人物耶……!?」

砰！

特務分室的室長——執行官代號1《魔術師》伊芙・依庫奈特把報告書砸在自己的辦公桌

上，大發雷霆地吼道。

「賈提斯……你在進行魔藥私售管道的調查任務時，憑一己之力成功揭露了連軍方的諜報部都追查不到的管道和來源，確實是大功一件。」

「能得到室長大人的誇獎，在下不勝喜悅。」

「我話還沒說完！你擅自單槍匹馬地直搗私下製造魔藥的大本營，把人全部殺光是怎麼一回事!?《賢綠派閥》表面上可是我們帝國的——」

「可是，此舉對《天之智慧研究會》造成了極大傷害，也是不爭的事實吧？」

「——!?」

被賈提斯點破了事實，伊芙懊惱地咬牙。

「《天使之塵》和製造方法全部都被扣押了……《天之智慧研究會》派駐到公會的邪道魔術師們也被我當場解決……毫無漏網之魚。如果不是我專斷獨行地衝進去把他們通通殺了，恐怕製造方法已經外流，邪道魔術師們也逃之夭夭了呢。天曉得這個國家日後會因此蒙受多大的災害……」

「可是……！」

「我當然也想保護無辜的公會成員……只可惜所有人都被《天之智慧研究會》的邪惡思想

洗腦成了幫凶，已經無藥可救了……我也是逼不得已的。」

「……好歹可以活捉他們當成俘虜吧……！」

「活捉!?俘虜!?不會吧……難道室長妳以為像我這種程度的魔導士，在不是你死就是我活的激烈戰場上，還有餘力考慮到那種事情嗎？」

賈提斯明顯就是在裝傻。

「～～～～!?」

伊芙用力咬牙，這下改成轉頭瞪向葛倫。

「……葛倫。我很慶幸你能四肢健全、平安無事地回來。不過，你在進行本次殲滅特級邪道魔術師拉扎羅・艾力克的任務時，也擅自採取了行動吧？結果正如大家所看到的，討伐隊的指揮官米蓋爾大人因為面子掛不住大發脾氣呢。可以說說你的理由嗎？」

「…………」

葛倫沉默了好一段時間後，終於開口回答。

「……米蓋爾那白痴打從一開始就想放棄所有人質。不僅如此，他的策略太過小心翼翼、保守，指揮調度毫無可取之處，不只會害人質死光，還有可能讓拉札羅逃過一劫……如果我不單獨行動的話，人質只能坐以待斃，災情也會更嚴重……」

「…………」

「即使如此，我還是沒能拯救所有人……雖然成功救出了幾個人……可是我……」

看來葛倫在擅自鬧了一場後，依然對結果感到不滿意。

葛倫露出懊惱和自責的表情，注視著自己的拳頭。

「……你們這兩個人實在是……！」

伊芙看到賈提斯和葛倫兩人就有氣。

高舉唯我獨尊的正義的賈提斯・羅凡。

直到現在仍無法放棄正義魔法使這個小孩子氣理想的葛倫・雷達斯。

他們兩人近來成了伊芙心目中的頭痛人物。

這兩人在執行任務時，常常我行我素地違抗命令或擅自行動。

偏偏每次他們都能立下輝煌的戰功，所以也沒辦法貿然給予懲處。雖然這樣的標準給人一種只要立功就能肆無忌憚的感覺，但戰果就擺在眼前。

成功獨自暗殺了特級邪道魔術師拉扎羅・艾力克，避免我方有人員傷亡的葛倫。

對徹底撲滅《天使之塵》做出巨大貢獻，舉手之勞似地順道擊破了數名《天之智慧研究會》高階邪道魔術師的賈提斯。

雖然過程中出現了不少瑕疵，可是他們所立下的戰功，都是足以讓女王陛下親自頒贈銀鷹劍勳章的豐功偉業……只不過他們的功勞都被『那些瑕疵』抵消了。

儘管這兩人問題不少，可是目前的帝國軍極欠人才，不可能放掉像他們這麼優秀的棋子。所以他們應該只會像之前一樣受到形式上的輕微處分，寫寫報告就可以交差了吧。

（……葛倫也就罷了。雖說是擅自行動，他就算失敗了，也只是賠上他自己的性命。）

沒錯，葛倫確實沒有服從指揮，可是他並沒有扯同伴後腿，或者害同伴置身危機。同樣都是不服從指揮，他跟賈提斯的情況還是有差別的。

葛倫會不聽從指揮，是因為現實和理想發生衝突導致的自暴自棄行為，屬於個人的責任範圍。也因此他的行動還算容易判斷，只要派人緊緊盯住他，想控制並不難。

（賽拉和阿爾貝特很快就要結束任務歸還了。只要派他們負責監視，葛倫應該不會有太大的問題……真正棘手的是……）

額頭微微冒汗的伊芙看了那個男人——賈提斯一眼。

「哎呀？有什麼問題嗎？伊芙室長……我的臉上有沾到東西嗎？」

（真正棘手的是這個男人……賈提斯‧羅凡……！）

賈提斯是一個難以捉摸的人。完全深不可測。

哪些是真心話？哪些又是表面功夫？他所呈現出的一切虛實莫辨，就連伊芙也判斷不出來。

乍看之下，賈提斯的行動似乎是一時情緒化使然，實際上他機關算盡，擺明就是明知故犯。

擁有惡魔般聰明才智的他，彷彿早就徹底看穿了所有軍方高層的內心，知道怎樣的分寸不會受罰，怎樣的分寸高層會選擇睜隻眼閉隻眼。

（賈提斯……果然很危險……完全就是不受控制的脫韁野馬……）

他確實有很明顯的問題，不過現在的賈提斯大致上還算服從軍隊。

可是，現在的狀態或許應該說是他主動把控制權交給軍隊比較恰當。

萬一哪天雙方出現不合的地方呢？萬一雙方的目標不再一致了呢？

到時候，賈提斯會採取什麼行動呢？

（不，我有預感……這男人總有一天會犯下無可挽回的致命過錯。不能讓他享有特務分室的代號和權限……我應該要當機立斷拔掉他的代號，把他逐出特務分室……）

這是伊芙以特務分室室長的角度所做出的冷靜判斷。

（可是我卻不能這麼做……！軍方高層有太多欣賞賈提斯的人了……重點是父親大人……

依庫奈特卿下令我要把賈提斯留在特務分室當作自己的棋子差遣……！）

伊芙的父親，亞賽爾・魯・依庫奈特。

他身兼女王府國軍大臣和國軍省統合參謀本部長——是實質上的軍隊領導人。

亞賽爾執意要伊芙使用賈提斯，伊芙除了服從命令也別無選擇。

「話說回來，室長。身為室員，我也有意見想傳達給妳……妳不覺得最近指派給葛倫的任務有些奇怪嗎？」

賈提斯語氣中帶有指責，神情沉重地向伊芙說道。

「不管理由是什麼，最近高層指派給葛倫的任務大部分都很艱困。雖然他很幸運地度過了一道道的難關，可是那些任務全都是一不小心很有可能當場戰死的高難度任務……妳身為室長，希望妳可以多多關心一下同伴的安危。」

假如今天是一般人說出這種體貼的話，確實非常溫馨感人。

可是一旦從賈提斯口中說出來，只會讓人覺得另有企圖。

「這、這種事情我也知道……！我也不希望——」

「哈哈哈，開玩笑的啦，伊芙。高層的壓力和命令好像把妳壓得快喘不過氣了呢……我知道妳不是有意要葛倫拿命去冒險。總之，如果妳有什麼煩惱，不用客氣，找我們幫忙吧……因為我們是『同伴』啊……咯咯咯……」

「…………！」

這『同伴』，恐怕是伊芙聽過最沒有誠意的了。

伊芙只能不領情地瞪了賈提斯一眼。

「……無論如何，雖然我還有很多話想說，但就先跳過報告吧。我有緊急任務要指派給你們。這可是軍方高層部直接提出的出動請求。」

伊芙從桌子的抽屜拿出信封放在辦公桌上。

「咦？任務？指派我和葛倫嗎？」

賈提斯用手摀著額頭，反應誇張地說道。

「哈哈哈，原來如此！在賽拉、阿爾貝特和巴奈德老頭都不在的這個時間點嗎？……呵，我早猜到應該會有這一刻了。」

「……？早猜到應該會有這一刻……？」

賈提斯的奇妙發言讓伊芙皺起了眉頭。

「啊啊，不用放在心上，我在自言自語……當然了，不管是什麼任務，我都會盡力完成的。」

「…………」

賈提斯那彷彿看透一切的態度，教伊芙打從心底感覺不舒服。

雖然有這種想法很冷血無情，可是伊芙真心希望賈提斯在出任務時出差錯意外戰死……只不過這男人怎麼看都不會蠢到犯下害自己戰死的錯誤。

「……所以呢？我跟葛倫到底被指派了什麼任務？室長。」

「…………」

賈提斯那雙有著混沌深淵色的眼眸，到底看到了什麼？

伊芙實在猜不透他……不過，工作就是工作。

伊芙撕開信封，向兩人說明下一個任務。

…………

接下軍方高層透過伊芙下達的指令後，賈提斯和葛倫立刻出動執行任務。

鄰接阿爾扎諾帝國西北部灣岸地區的達爾托海。兩人此行的目的地艾厄立克島，正是隸屬位在這片海域上的萊蘭多群島的島嶼之一。

帝國引以為傲的法醫學研究設施『萊蘭多法醫學研究所』就座落在艾厄立克島上。

護衛研究所的所長傑帕爾・狄雷克的女兒——妮裘・狄雷克，正是軍方高層直接點名賈提斯和葛倫負責的任務。

賈提斯和葛倫正搭乘著軍方支援的移送用神鳳展開空中的旅程。有著華麗飾羽的大鳥拖曳著馬車般的浮游車廂，劃破天際地在空中翱翔。

車廂內的座席呈對坐的方式排列，賈提斯和葛倫對角而坐。

「…………」

葛倫一語不發，從車窗心不在焉地眺望著下方的大海。

那股沉默給人感覺他在抗拒和人交流或對話。

「話說回來，護衛任務嗎……」

但賈提斯完全不顧葛倫的心情，自顧自地向他攀談。

「萊蘭多法醫學研究所所長傑帕爾・狄雷克的女兒妮裘……聽說有人想要對她不利，你不覺得很可疑嗎？葛倫。」

「……哪裡可疑了？」

或許是被人攀談不好意思完全無視，葛倫悶悶不樂地回應道。

「不過只是保護一個小丫頭，為什麼需要動員到我們這兩個特務分室的人……明明有空的適任者多得是。」

賈提斯嘴角彎成冷笑的形狀，繼續說道：

「雖然這麼說有些絕情，不過需要我們處理的重要案件堆積如山，沒有那種閒情逸致和時間保護一個平凡無奇的小丫頭，即便她是重要人物的女兒也一樣……難道不是嗎？」

「…………」

「啊啊，對了……傑帕爾・狄雷克是帝國宮廷魔導士團・魔導技術開發室的前派遣武官呢……這麼說來的話……？」

說完這句話，賈提斯擺出忸怩作態的姿勢思考。

「……你想表達什麼？」

「沒有啊。」

吊足葛倫胃口後，賈提斯態度含糊地回答，露出了意味深長的笑容。

「我只是覺得……事情好像會變得很有趣呢……」

「…………」

「仔細想想，這好像是第一次只有你跟我兩個人一起執行任務嘛？哈哈哈，請多多配合囉。」

葛倫沒有回答賈提斯的話。

賈提斯當然知道，葛倫是個心地善良的理想主義者，不可能接受他那種殘虐無道的行事風格。

即便如此，賈提斯仍心情愉快地繼續說著：

「不過，說到這個……最近的你真的是屢創佳績耶？」

「…………」

「你知道軍隊的人都怎麼形容你嗎？『即便是交戰一百次會敗陣九十九次的戰鬥，還是能在第一次戰鬥時，引出那僅有一次勝利的男人』……能有這種評價，也說明你制霸這麼多場不可能的死鬥這件事實，是如何不可思議。戰果驚人。」

「…………」

「我很佩服你。能跟這麼厲害的你一起出任務，是我的光──」

就在賈提斯愈說愈起勁時──

「……厲害個屁。」

或許是對囉嗦個不停的賈提斯感到不耐煩，葛倫語帶不屑地說道。

瞬間，賈提斯瞇起了眼睛，一副這種發展如他所願似的態度。

葛倫沒發現自己正中賈提斯的下懷，語帶抗拒之意地繼續說道：

「你知道我這一路來丟失了多少東西嗎？」

「…………」

「活下來？制霸死鬥？戰果？我才不看重那種垃圾般的事……沒有成功地守護住，就沒有意義了……沒有任何意義……！」

葛倫好不容易才從喉嚨擠出這些話，臉上浮現了夾雜著苦悶、悔恨與疲憊的表情。

「可是……我不會放棄。我可以的……我還堅持得下去……我可以的……」

「…………」

「賈提斯……我知道你的行事風格。我完全不會認同你的做法。你敢在我面前試試看。我一定會二話不說痛扁你。」

撂下狠話後，葛倫冷冷地別過頭，把視線投向窗外。

（唔……）

賈提斯盯著葛倫的臉觀察片刻後做出了結論。

（啊啊，果然。這男人只是不值一看的『雜魚』嘛……）

賈提斯大失所望似地在心中嘲諷。

如果車廂裡面只有賈提斯一個人的話，他肯定會失望地大聲嘆氣……當下的賈提斯就是被如此強烈的無力感和幻滅感支配著。

（他沒有堅定不拔的信念。也沒有鋼鐵般的精神力。現在的葛倫已經瀕臨崩潰邊緣。只剩頑固和虛張聲勢在支撐脆弱的內心。可是，他卻還死抱著『正義魔法使』的理想不放，迷失自我到連現實和理想都無法區分……這就是葛倫‧雷達斯這個淒慘男子的真面目……）

賈提斯原本期待可以藉由跟葛倫的談話，瞧出讓他刮目相看的『強大』之處的端倪，結果卻大失所望。

因為打著這種程度的廉價正義感之輩，世界上多得是。

這種人一旦開始營造悲壯的氣氛，假扮起悲劇的英雄，只會更令人作噁。

（可是，現在我更搞不懂了……為什麼像他這麼『弱小』的男人，可以無視或然率連連贏得勝利……一路倖存至今……？）

這個令賈提斯難以置信的事實，同時也使他產生一絲對葛倫的焦躁感。

（哼，這個男人看我不順眼，看來我對他同樣沒什麼好感……）

即便心裡想著這樣的念頭，賈提斯也沒有把它顯露在臉上，而是擺出友善的態度戲謔地向葛倫說道：

「啊哈哈，雖然不太清楚是怎麼一回事，不過你會不會把自己逼得太緊了呢？稍微放鬆一點吧，葛倫……不然會很難撐下去喔？」

「…………」

「讓我們好好相處吧……我們可是『同伴』啊。」

在賈提斯說出了這句虛偽至極的台詞後。

兩人之間形成了一股凝重的沉默。

拖曳著車廂的移送用神鳳，對車廂內的狀況一無所知，不斷用力拍動翅膀，在海上的天空飛行。

不久，一個小小的島影，漸漸出現在水平線另一頭——

隸屬萊蘭多群島的艾厄立克島是一座人口只有一千人左右的孤島。

不過，位在島上的『萊蘭多法醫學研究所』是專門研究法醫術的公家研究機關。軍事行動所必須的法醫咒文都在這裡進行研究開發，換言之，這裡是帝國軍的關鍵設施。

也因此，有不少資金灌注到這座島上，島上的街區雖然不若帝都繁華，可是發展得還算有模有樣，一點也不像邊陲的鄉下地方。

經過空中的旅程抵達艾厄立克島後，賈提斯和葛倫立即動身前往『萊蘭多法醫學研究所』。

研究所是一間白色牆壁的城館，乍看下就像街上的醫院。腹地遼闊的研究所擁有寬敞的前庭和庭院，維護得十分乾淨漂亮。

賈提斯和葛倫在入口的守衛室辦理完入所手續後，直接進入研究所和所長傑帕爾會面——位在研究所內的所長辦公室。

「噢噢，你們就是特務分室派來的保鑣嗎！風塵僕僕來到這麼遠的地方，辛苦你們了！」

一名身穿白袍，面容慈祥的四十多歲中年男子——傑帕爾依序和賈提斯跟葛倫握手寒暄後，鞠躬表示歡迎。

「哎呀，沒想到會一次來兩個特務分室的精英魔導士！看來我女兒應該是安全無虞了……！謝謝你們……！」

「嗯，包在我們身上吧。我們會不惜捨命保護令千金……這就是我們的任務啊，咯咯咯……」

賈提斯還是老樣子，面露虛偽的笑容，講著不著邊際的客套話。

「啊啊，請你放心。在下雖然不才，可是這位名叫葛倫・雷達斯的男子實力非常堅強……他可是——」

葛倫打斷滿嘴逢迎諂媚的賈提斯，向傑帕爾提出疑問：

「所以呢？那個『生命受到他人威脅的大小姐』在哪裡？還有，我希望你能為我們親口說明詳細狀況……雖然我們事前已經聽過不少情報了。」

「好吧，我來向兩位說明情況。」

傑帕爾向站在現場的秘書咬耳朵。

秘書點頭表示瞭解後，離開了辦公室。

過了一會兒，秘書推著一張輪椅重回辦公室。

那張輪椅上坐著一名少女。

少女膚色白皙，看似個性溫吞，給人一種柔弱的感覺。她身穿簡單的病服，身材瘦弱，一眼就能看出來她似乎為病所苦很長一段時間了。

少女露出怯生生的陰鬱表情，頭垂得低低的，完全沒有想跟葛倫他們對上眼的意思。

面對兩個全副武裝的軍人，她會有這種反應或許也是理所當然。

「她就是我的女兒——妮裘。」

傑帕爾沉痛地垂下眼簾，向葛倫他們介紹女兒。

「她先天患有某種難以醫治的肺病……所以她在這間研究所的病院住了好幾年。她從小就常常發病，已經不知道在鬼門關前徘徊過多少次了……」

「是嗎……那……真的是太遺憾了……」

葛倫不曉得該如何安慰對方，只好模稜兩可地說道。

「街上的醫生診斷她沒辦法活到長大成人……可是妮裘是我最鍾愛的女兒……我千方百計都想治好她的絕症……既然一般的醫術行不通，法醫術又如何呢？我之所以一直留在這裡做研究，就是為了拯救女兒。」

「…………」

「後來……我的研究終於開花結果了！再給我一點時間……再給我一點時間我就能建立女兒的治療法了。一旦這個研究成功，我女兒就有救了！只要再過不久……再過不久……可是現在卻……！」

傑帕爾哀怨地抱頭說道。

「對方到底是哪來的惡徒？我女兒都那麼虛弱了，還有人想要她的命！」

傑帕爾從懷裡掏出一個信封遞給葛倫。

葛倫接手後打開檢視內容。

『停止研究，放棄拯救你的女兒。否則我立刻殺了她。』

為了讓人看不出書寫者本來的筆跡，信中的文字是用尺輔助寫成的。

「……這是……!?」

看到這封恐嚇信，葛倫用力咬牙。

「哦？」

賈提斯裝出一副興致濃厚的模樣盯著恐嚇信，實際上他根本沒有興趣。

「一開始我以為這只是惡劣的惡作劇……結果，前幾天，我女兒的餐點被不明人物下了劇毒。幸好偶然發現，否則的話，小女已經……」

「原來如此。看來這名恐嚇者是真的想殺了令千金……」

葛倫內心漸漸地燃起了怒火，傑帕爾涕淚俱下地大喊道：

「到底是哪個喪心病狂的傢伙幹的!?時時受到死神糾纏的女兒，好不容易終於有獲救的曙光……怎麼、怎麼會有這麼卑鄙的傢伙……！」

「是啊，對方確實不可原諒。傑帕爾先生，請你告訴我……你知道有哪些人可能會謀害令千金嗎？」

「……說來丟臉。」

傑帕爾懊惱地擠出聲音說道。

「其實我懷疑我的遠房親戚……」

「……親戚？」

「是的……冒昧直言，我們狄雷克家姑且也算是有權勢的大貴族。手中握有不少土地和財產。而且妮裘是我的獨生女……如果連妮裘都不幸喪生的話……」

「他們認為如此一來那筆鉅額的財產遲早會落入自己手中嗎……？呿，確實挺可疑的，混帳……！」

「這種事情從以前就層出不窮哪……真的。」

葛倫氣憤難平。賈提斯聳起了肩膀。

「我已經在請軍方高層幫我揪出可疑的親戚了。在嫌犯曝光前，希望你們兩位能保護我女兒的性命……！我知道這是很危險的任務……可是拜託你們了……拜託……！」

傑帕爾向葛倫深深地鞠躬。

「……啊啊，沒問題……我會保護令千金的……放心吧。」

葛倫用力地向傑帕爾點頭，展現出決心。

就在這個時候──

「呀啊啊啊啊啊啊啊啊啊啊啊啊啊啊啊──!?」

冷不防響起的尖叫聲和牆壁倒塌的聲響，撼動了研究所。

「那、那是什麼聲音……!?」

「唔？這麼快就來了嗎……？」

賈提斯聳肩回應立刻擺出戒備姿態的葛倫。

下一秒。

咚！

葛倫等人所在的辦公室有三面牆壁突然從外側遭到破壞，同時有三個巨大的物體從不同方向闖入了辦公室。

「這──這是什麼──!?」

那三個物體是模樣奇特的異形。

明明是獅子，卻有蝙蝠的翅膀和蠍子的尾巴。

這不是帝國原生的魔獸。而是彷彿把不同生物強行拼在一起的駭人怪物。

這樣的怪物一次出現了三隻。

明明並非真的野生動物，卻渾身充滿了強烈的野性殺氣——三隻獅子怪物虎視眈眈地盯著妮裘。

「咿——」

怪物的眼神流露出「我要涉獵獵物」的強烈本能，被炯炯有神的目光直視的妮裘鐵青著臉發出悲鳴，全身僵硬無法動彈。

「咕嚕嗚喔喔喔喔喔喔喔喔喔喔喔喔喔喔喔喔喔喔喔——！」

隨著足以讓大氣和肌膚顫動的咆哮。

離妮裘最近的獅子怪物動用全身柔韌的肌肉，以敏捷得嚇人的機動力，直直地撲向了妮裘。

怪物的利爪、尖牙和龐大的身軀，撕裂真空襲向妮裘。

只不過是為了對付一個體弱多病的少女，這種暴力未免過於殘暴。

現場的所有人彷彿都可以看見，妮裘下一秒會有什麼悲慘下場——

「休想得逞！」

霎那，葛倫如一陣風般介入了妮裘與怪物之間。

喀！

怪物咬中了葛倫舉起的左手臂，用力往下咬。

魔導士禮服由號稱比鋼鐵還牢不可破的特殊纖維編織而成，上頭永續附魔了能強化・增幅肉體強度的咒文【肉體強化】。

即使如此，具有壓倒性咬合力的怪物，牙齒仍刺破了葛倫的禮服，貫穿他的肉，並逼近骨頭——

「啊啊啊……!?」

妮裘瞠目結舌地看著挺身保護自己的葛倫背影。

「《紅色的流浪犬啊・激起憤怒・包圍敵人嘶吼吧》！」

葛倫在左手臂被咬住的狀態下完成了咒文。

於是，被咬住的左手臂突然起火燃燒，產生了猛烈的火焰。

「呀嗚!?」

怪物忍不住放開起火燃燒的手臂，往後跳開——

「──呿！」

葛倫立刻扭身，以快到讓人看不清楚的速度擺動右手。

只見他的右手就像變魔法一樣，出現了一把雷管式左輪手槍。

葛倫以猛烈的速度連續擊打手槍擊錘，一鼓作氣從槍口射出六發鉛彈的死棘。

怪物往後跳開，然而六發子彈受到名為灰色火藥的魔術槍藥所產生的猛烈爆炸推動，彈無虛發地貫穿了牠身上疑似要害的地方；子彈的衝擊與威力讓怪物就像被用力踢飛的球，一口氣飛出去撞在牆上──

不過，剩餘的兩隻怪物立刻左右夾擊，補上漏洞，撲向妮裘。

「嘎喔喔喔喔喔喔喔喔喔喔！」

「咕嚕喔喔喔喔喔喔啊啊啊啊啊啊啊啊啊啊──！」

坐在輪椅上的妮裘自然束手無策……

咻啪！

……葛倫的右手臂並沒有閒下來。

他丟下子彈耗盡的手槍，同時從右手射出幾條鋼索。

鋼索以銳利的軌跡迅速地飛行，分別纏上從右邊來襲的怪物脖子、軀體和四肢。

問題是，無論是體格或力量，葛倫和怪物之間存在著天壤之別般的差距。

即便他用鋼索纏住怪物，也沒辦法限制怪物的行動。

但——

「《呼嘯吧風・呼嘯吧重擊吧・擊破敵人吧》——！」

——葛倫怒吼似地詠唱了咒文。

瞬間，突然冒出猛烈的強風纏繞住葛倫的右手臂，那道風從他的右手，沿著鋼索吹向怪物

——

咚！

——強風沿著纏繞住怪物身體的鋼索繞行，讓怪物的身體浮了起來。

「喔喔喔喔喔喔喔喔喔喔喔喔喔喔喔喔喔喔喔喔喔——！」

鎖定怪物浮起來時的破綻，葛倫魔力全開。

他把魔力注入到刻印在自己身上的身體能力強化術式，在那麼一瞬間將臂力強化到極限，

接著像在舉釣竿般拉扯從右手射出的鋼索，順著強風的勁道，把被鋼索纏住的怪物甩了出去。

「嗄喔!?」

「呀嗚！」

被拋擲出去的怪物和從左邊逼近的怪物撞個正著。

只見兩隻怪物在地上撞成一團後滾走了——

「妳有受傷嗎!?妮裘?」

葛倫垂著形同報廢的左手，站在妮裘的前面保護著她。

「……啊……」

「妳待在後面就好，沒事的！我會保護妳！」

如是說後，葛倫丟下鋼索，這次他唱著咒文讓飛針浮現在指縫中，開始施加某種魔術在飛針上。

（嘖！好不容易化解了前一波攻勢，可是並沒有對那兩隻怪物造成嚴重傷害……！）

實際上，被葛倫擊飛在地上翻滾的怪物們，正開始從地上爬起來，看似沒有受到任何影響。

（可惡……我得設法讓妮裘逃離這個地方……！）

當葛倫焦慮地思索著下一個手段時……

啪啪啪啪……

氣氛緊張的現場突然響起了一陣突兀的掌聲。

「啊哈哈！你還挺有一套的嘛，葛倫。」

……拍手的人正是賈提斯。他搞不清楚場合地讚美著葛倫，彷彿視怪物為無物。

「你的判斷力和膽識真了不起。犧牲左手保護妮袠的同時，即興改編【炸裂吐息】的咒文，逼使怪物鬆口……為了彌補體格的差距，又即興改編【狂風吹襲】的咒文，把被鋼索綁住的怪物甩出去……槍法和體術同樣令人嘆為觀止！不愧是那個巴奈德老頭的愛徒！深感佩服啊！」

先前總是花言巧語的賈提斯此時一反常態，發自內心由衷地說道。

「坦白說……我一直看不起你這個充其量只有第三階級的三流魔術師。原來如此，只要動點巧思，還是能發揮驚人的戰力。這才是魔術師的——……」

「現在是說這種廢話的時候嗎!?」

葛倫氣急敗壞地向不肯察言觀色的賈提斯咆哮。

「你看清楚狀況！這些怪物很可能是召喚獸——凶手為了殺害妮袠所派來的刺客！我們當前首要的課題是保護妮袠！你也快點——」

葛倫話還沒說完。

「哈哈哈，放心吧，葛倫。」

賈提斯突然伸手制止葛倫。

「啊啊!?放心什麼——」

「……已經結束了。」

賈提斯如此說道的同時。

啪!咚噗!

還沒完全站穩的三隻怪物毫無預警地被大卸八塊，令人不忍卒睹的肉塊散落一地。

「嗄?……什麼……?」

這幅畫面實在令人難以置信。

碎成一堆肉塊的怪物當著目瞪口呆的葛倫，漸漸化作灰塵狀的物體消失了……

「看吧?『這早在我的預料之中』。」

賈提斯露出一副什麼都知道的表情，竊笑著說道。

(是賈提斯嗎!?這是他動手的!?)

葛倫打了個冷顫，用眼角餘光瞥了賈提斯的臉龐一眼。

(這傢伙做了什麼……!?我沒發現他唱了咒文，也沒察覺到魔力的流動……!可是他卻在眨眼之間就幹掉了這三隻即使挨了幾十發軍用咒文，也不見得殺得死的頑強怪物……!?)

「喂喂喂，葛倫……我的臉上有沾到東西嗎？」

賈提斯帶著戲謔之意聳起肩膀

「哈哈哈，這筆功勞要記在你的頭上啦，葛倫。如果不是因為你反應及時，我也沒辦法助攻得這麼輕鬆。咯咯咯……你不覺得我們會是一對很優秀的搭檔嗎？」

葛倫根本沒有心思去回應賈提斯的玩笑話。

這時候的葛倫滿腦子只有驚愕與戰慄。

（……好、好強……雖然很不甘心……但是我不得不承認，這個瘋子真的很強……！）

阿爾貝特、伊芙、巴奈德、賽拉……特務分室多的是能以一擋千的怪物魔導士……可是，賈提斯是與這些人屬性截然不同、深不可測的怪物……葛倫不禁對賈提斯做出了這種評價。

（在正常情況下，有這種戰友在應該會覺得很可靠，但是……！）

這時候的葛倫心中卻充滿了不祥的預感。

終有一天，我必須跟賈提斯的『力量』正面對決……葛倫感覺到一種十分明確的預感。

「…………！」

葛倫從賈提斯身上感受到了某種宿命的引力，面露嚴肅的表情瞪視著他，這時——

「那、那個……」

葛倫的身後傳來了支支吾吾的聲音。

「你……你的左手……還好嗎……？」

葛倫轉頭一瞧，發現向他攀談的人是坐在輪椅上的妮裘。

只見她鐵青著一張臉，忐忑不安地抬頭望著葛倫。

「剛才……你為了保護我……弄、弄傷了自己的手……」

瞬間——

原本因為無預警的襲擊而緊繃的氣氛，迅速地和緩了下來。

傑帕爾和秘書都腿軟地癱坐在地上。

葛倫也暫時解除了對賈提斯的警戒心，重新面向妮裘。

「是說，還沒向妳自我介紹啊。我是帝國宮廷魔導士團特務分室執行官代號0《愚者》葛倫・雷達斯。這次前來擔任妳的保鑣。請多指教囉？」

為了不要嚇到妮裘，葛倫盡其所能地用開朗溫柔的聲音向她說道。

「至於我的手傷嘛……哎，妳不用放在心上。這是榮譽的勳章。」

骨頭被咬碎，自己還在上面放了一把火，其實葛倫痛到都想哭了。

他很想一邊在地上打滾一邊大喊「誰快來幫我施放法醫咒文啊！」。

可是他忍住了。葛倫是有骨氣的男孩子。

「話、話雖如此……你還是因為我受了重傷……」

「真的不要緊啦！這種小傷舔一舔就能治好了！不信妳看！」

為了讓不安地注視著自己的妮裘放心，葛倫舔了受傷的左手給她看，然而……

「……嗄。仔細想想，我這樣好像是在跟怪物間接接吻耶……？噁噁噁噁噁噁噁——!?」

意識到這個駭人的事實，葛倫不禁作嘔。

葛倫的反應讓妮裘看得一愣一愣地猛眨眼，半晌後……

「啊哈……啊哈哈……葛倫先生……你還真是個怪人呢……」

她再也忍不住地噗哧一笑。

「不過……謝謝你，葛倫先生……真的非常感謝你願意保護這樣的我……」

「沒什麼啦。這是我的工作，而且因公受傷還能領到慰問金呢！」

或許是葛倫挺身保護的關係，明明兩人是第一次見面，卻一下子便消除了隔閡，一見如故地相視而笑。

「有葛倫先生在，看來我女兒安全無虞了！」

「是啊，一點也沒錯呢。」

「真不愧是特務分室……派來的人果然都很可靠啊……」

傑帕爾和秘書都露出了如釋重負的模樣。

現場的氣氛漸漸變得平靜而祥和。

然而——

「…………」

——唯有賈提斯一個人露出洞悉一切的冰冷眼神和笑容，冷冷地睥睨著一切。

…………

就這樣，保護妮裘的任務開始了。

敵人的真面目、規模以及目的通通不明。

也因為如此，葛倫必須如影隨形地時時跟在妮裘身旁。

或許是在第一天遇襲時，葛倫奮不顧身地救了妮裘，展現出可靠姿態的關係吧。

妮裘沒多久就和葛倫熱絡起來了——

「哦……我還以為那個阿爾貝特先生是可怕的人，沒想到還滿有趣的呢。」

「……只不過那傢伙還挺討人厭的。」

妮裘一天絕大部分時間都在研究所病院的白色病房度過。

葛倫應躺在病床上的妮裘要求，向她分享了五花八門的趣事。

「他平常超級一板一眼……可是就像我剛才所說的，他有時候又會做出讓人摸不著頭緒的事。」

「啊哈哈，我好像可以想像得到葛倫先生傷腦筋的畫面呢。」

或許是欠缺娛樂的關係吧。

每次葛倫分享什麼趣事時，妮裘總是聽得津津有味。

「不過……葛倫先生你好像很依賴阿爾貝特先生耶……？總覺得，從你的語氣可以聽出這種感覺。」

「什麼？我依賴那傢伙？哼，開什麼玩笑。我跟那傢伙可是不共戴天的冤家喔？本質上就水火不容。」

「咦～？真的嗎？」

「真的啦。不知為何，我常常被迫跟他搭檔，真的是煩死了。」

「呵呵……感覺夾在中間的賽拉小姐一定很辛苦……」

「為、為什麼會突然扯到賽拉啊……？」

「你說呢？話說回來，葛倫先生的同伴好像都是好人呢……聽你講了這麼多關於他們的事，我也想見他們一次了……」

「勸妳不要，勸妳不要……除了我以外，特務分室的傢伙沒有一個好東西。現在的妳碰到他們，會承受不住汙染的。」

「那……等我病好了，可以帶我去見他們嗎？」

「……等妳病好了，我再考慮一下吧。」

「呵呵，說好了喔？一言為定。」

葛倫以保鑣的身分如影隨形地守在妮裘身旁，兩人從早到晚聊著不著邊際的事，度過了輕鬆的時光。

雖然這也是在出任務，不過從葛倫這陣子經歷過的艱困任務和激烈戰鬥來看，這種時光說是養精蓄銳也不為過。

和平的時間不斷過去，令人難以相信妮裘的性命正受到不明人物威脅。

和緩地。

……和緩地。

但妮裘畢竟是有病在身的人。

偶爾也會碰到她的病情忽然加劇的日子。

「咳咳……咳！咳咳……」

躺在床上的妮裘因為病情發作，不僅因為發燒意識昏沉，還喘到快無法呼吸。

「葛倫……先生……我、我……咳！咳咳！」

「……妳不會有事的。一定要撐下去。」

每當病情發作時，葛倫就會順著妮裘的意，陪在旁邊一直握著她的手。

「咳咳！葛倫先生……咳！我……我好害怕……真的好害怕……！」

「妮裘……」

「咳咳咳！好痛苦……我真的……好痛苦……！說不定……這次……這一次……我真的要死掉了……咳咳！呼……呼……每次發作時，腦中就會不由自主地浮現這種念頭……咳咳咳！我、我真的好害怕……自己會就這樣死掉……」

「……別擔心，妳不會死的。」

葛倫用力握緊妮裘的手。

像是不讓這個如風中殘燭的可憐少女離開這個世上般，握著她的手。

「……剛才傑帕爾先生不是幫妳注射藥物了嗎？再撐一下就不會痛苦了。妳現在只是精神比較脆弱而已……不用擔心……病情很快就會穩定下來的……」

「我知道……咳咳！可是……我還是會害怕……忍不住思考，之前我是怎麼活下來的……」

「…………」

「葛倫先生……請你……握緊我的手……」

「啊啊，我就在妳的身邊。放心好了。放心休息吧。」

葛倫不斷鼓勵著深受病痛折磨的妮裘。

無論何時。

……無論何時。

日子不會全然過得這麼煎熬，也有平靜的片刻。

這一天，葛倫推著坐在輪椅上的妮裘，來到病院外的庭園散心。

不正經的魔術講師與追想日誌

Memory records of bastard magic instructor

天空萬里無雲，庭園風和日麗，花團錦簇的花圃映入了兩人眼簾。

「身體還好嗎？妮裘。」

「……嗯，謝謝葛倫先生關心……我的身體已經好多了……」

肩上披著披肩保暖的妮裘向葛倫道謝。

「哈，我什麼也沒做啊？妳發作時幫妳急救的人是傑帕爾先生啦。」

「話雖如此……葛倫先生你整晚都陪在我身旁，握著我的手……」

「……小事一樁啦。」

「嚴格說來，葛倫先生只是保鑣……會跟著我只是因為工作的關係……其實你根本沒有義務也沒有必要對我這麼好……可是你卻熱心地為我打氣……時時刻刻都陪伴著我……」

妮裘轉頭向葛倫露出微笑。

「葛倫先生會對我這麼好，也是為了實踐『正義魔法使』這個目標的關係嗎？」

「沒有啦，那也扯太遠了。一般看到眼前有人受痛苦折磨，任何人應該都會想要幫助對方……想要拉對方一把吧？這不是什麼特別的事情啦。」

聽了葛倫的說法後，妮裘笑咪咪地說道：

「葛倫先生……你真的是個溫柔又善良的好人呢。雖然表面上看起來冷冰冰的，有點可怕。」

「誰看起來冷冰冰了啊。拜託，明明我是這麼不可多得的好青年。」

「呵呵呵，說得也是……啊～啊，好羨慕賽拉小姐喔……」

「……什麼？賽拉？為什麼會突然提到她啊……？」

「咦？因為……嗯，難道說？照葛倫先生你的口氣聽來，說不定……我也不是完全沒有機會……？」

妮裘不知何故，抬頭朝葛倫投以俏皮的眼神。

不知道是不是自己多心了，她的臉頰看起來好像隱約泛紅。

「我、我聽不懂妳在胡扯什麼……好了，妳差不多該回病房囉？在戶外停留太久的話，身體會著涼的。」

葛倫就這樣一天又一天推著妮裘的輪椅，兩人有說有笑。

和緩地。

……和緩地。

或許是第一天發動突襲後，企圖對妮裘不利的凶手就沒有再採取行動的關係吧。

這段期間的日子一直過得很平和恬淡。

和緩地。

……和緩地。

…………

然而——

有一股無比深沉的黑暗，在遠方監視著葛倫和妮裘。

「…………………」

……那股黑暗就是賈提斯。

賈提斯總是維持著若即若離的距離，遠遠地窺視著葛倫和妮裘。

他像是潛藏在黑暗中虎視眈眈的肉食野獸般，隱藏了氣息。

賈提斯就以那讓人完全猜不透意圖、彷彿深淵般的眼睛，持續監視兩人——

…………

雖然為了安全起見，葛倫和妮裘幾乎一整天都形影不離地處在一起。

即使如此，一天裡面葛倫和妮裘還是會分開約莫一個小時左右。

因為罹患有先天性疾病的妮裘必須接受傑帕爾的診療。

目前妮裘和傑帕爾正待在治療室進行慣例的診療時間。

葛倫雖然是妮裘的保鑣，可是也不方便一起進入治療室，只能待在房外背靠著牆壁等診療結束。

當然，治療室四周已經設下了索敵結界，做好萬全準備以防意外發生。

「…………」

當葛倫百無聊賴地持續待機時——

叩、叩……隨著在走廊迴盪的腳步聲，有人慢慢地接近了。

那個人是——

「……賈提斯。」

「嗨，葛倫……你可真有幹勁呢……」

賈提斯臉上掛著一抹虛情假意的友善笑容，走向葛倫。

葛倫蹙起眉頭，不客氣地挖苦賈提斯：

「哼……你過得挺爽的嘛？……丟下護衛妮裘的工作不管，整天一個人遊手好閒地在研究所遊蕩。」

「…………」

或許是被一針見血地道破的關係，賈提斯默默不語。

「雖然凶手只有在第一天發動突襲……不過可以請你稍微認真一點嗎？啊啊？」

「…………」

「哎……一次來了兩個特務分室的執行官……說不定那個凶手已經嚇得放棄念頭了吧……」

當葛倫向賈提斯興師問罪時——

「唉～～～～～～～……」

賈提斯突然深深地嘆了一口氣。

「啊啊，葛倫……我好難過……我真的好難過……你到底要辜負我的期待到什麼程度才會滿足……？即使『早在我的預料之中』，也未免太誇張了。」

儘管態度有點誇張，不過聽得出來賈提斯確實正如他所言，打從心底對葛倫感到失望。

「你在說什麼？」

「真拿你沒輒……你真的不懂嗎？最近指派給你的危險任務數量多到不自然……以及這次的任務……以前妮裘的食物曾經被下毒，你不覺得很可疑嗎……第一天的怪物彷彿在等我們抵達似地，在不自然的時間點發動攻擊……格外討你歡心的妮裘……明明有這麼多的提示……你卻當作沒看見……」

「………什麼？」

葛倫一臉茫然，他是真的聽不懂賈提斯想要表達的意思。

「你是『即便是交戰一百次會敗陣九十九次的戰鬥，還是能在第一次戰鬥時，引出那僅有一次勝利的男人』……你能打破機率存活到現在，我還以為你有什麼非比尋常的狀況判斷力，或者在生死狹縫間找出活路的動物性直覺呢……看來是我評估失準了……為什麼這麼一無是處的你，還有辦法一直存活到現在呢？」

「喂，你給我適可而止。」

儘管葛倫完全聽不懂賈提斯的意思，至少他知道自己受到了極大的侮辱。

葛倫一把抓起賈提斯的前襟，露出凶惡的眼神示威。

「拜託說人話好嗎？我根本聽不懂你在胡說八道什麼。」

聞言——

「吶，葛倫。你聽我說。現在我們已經徹底踏進敵人的陷阱了。」

賈提斯反而說了更令人莫名其妙的話。

眼神無比幽暗的他面露淺淺的冷笑，愉悅地說道。

「再這樣下去的話，我們可是會死的喔？……必死無疑。」

「嗄!?你……你到底在說什……!?」

葛倫內心動搖了，當他想質問賈提斯的意圖時——

噗通……！

葛倫的心臟突然心跳加速，眼前的景色扭曲變形。

「什麼……!?」

好燙。身體就像著火燃燒地瞬間發熱。

體內的熱度非常驚人。葛倫一下子就感到頭暈目眩，無法正常思考。

葛倫對無預警地產生巨變的身體狀況感到困惑，下一秒——

「咯嗄——！」

葛倫忍不住吐了一大口血。

那口血呈現出汙穢的濁黑色，啪一聲在地板上擴散。

「嗄、嗚——!?這是怎麼一回事……!?」

葛倫赫然發現，自己的身上突然冒出了有如黑色瘀血般的斑點，而且不斷地在蔓延。

「咳！咳咳!?怎、怎麼可能……我的身體……到底怎麼了……!?」

「終於……爆發了嗎？」

仔細一瞧，就連一副知道內情的賈提斯，也出現了跟葛倫一樣的症狀。

他口吐黑血，身上不斷浮現黑色瘀血……

「咳咳咳！啊哈、哈哈哈哈哈……雖然『早在預料之中』，不過，這症狀可不是普通的痛苦哪……噁噗！咳咳！哈哈哈哈……哈哈哈哈哈哈……咳噗！」

即便吐血還是笑得不能自已的賈提斯，已經完全脫離常軌了。

「……你、你這傢伙……到底做了什麼……!?咳！」

「咕噗！哈哈哈！我什麼也沒做……純粹想實驗一下而已……」

「實、實驗……？」

「咯咯咯……放心吧，葛倫……很快你就會知道了……很快……」

兩人你一言我一語地交談沒多久。

葛倫的意識開始變得支離破碎……身體使不上力，連站都站不穩……

「……可惡……」

啪沙……

葛倫和賈提斯當場趴倒在地，就此失去了意識。

四周鴉雀無聲。

半晌。

喀嚓……

在倒地不起的兩人面前，治療室的房門應聲打開。

從房間裡走出來的傑帕爾和妮裘，用冷血無情的眼神睥睨著吐血倒地的葛倫和賈提斯。

「呼……終於成功了，妮裘……看來這兩人都徹底『感染』了哪？」

「……是的。」

「好……立刻進行檢查……幫他們抬進去！」

傑帕爾揮手示意後，一群戴著鳥頭面罩和身穿防護服的研究員不知從哪冒了出來。

只見研究員們把葛倫和賈提斯抬到他們運來的擔架床，並且綑綁起來後，將兩人往另一個地點移送。

葛倫和賈提斯被搬運到了研究所的地下室。

這座地下室擁有手術台和醫療用魔導器具等最新設備，四面牆壁的櫃子上頭擺滿了各式各樣用途不明的藥物。

躺在手術台上的葛倫和賈提斯身上插了一堆奇怪的管子，把兩人的各種生體資訊傳送到連接在一起的魔導演算器上。

戴著鳥頭面罩的研究員們在兩人四周忙進忙出地進行各種檢查。

「了不起！結果超乎預期哪，妮裘！」

看了檢查結果後，傑帕爾情不自禁地歡呼。

「咒葬兵器【黑幽死病】宣告完成！妮裘，妳完全支配了侵蝕妳的黑幽死病菌！妳成為世上第一個黑幽死病菌的真正母帶菌者了！」

「…………」

即便傑帕爾講得天花亂墜，妮裘只是面露空洞無神的表情低頭不語。

「有了這個咒葬兵器的加持，我就能如願加入《天之智慧研究會》並當上幹部了！別說是帝國軍了，要稱霸世界也沒問題！呼哈、呼哈哈哈哈哈哈哈！接下來就是我的時代了！呼哈哈哈哈哈哈哈哈哈哈哈哈哈哈哈哈哈哈哈哈哈哈哈哈哈哈——！」

妮裘懇求似地向仰天大笑的傑帕爾說道：

「那、那個，父親大人……既然兵器完成了，可以停止了嗎？請別再逼迫我做這麼可怕的事了……！」

「嗯？對了……我曾經答應過妳……一旦研究完成，妳就可以不用再當實驗體了……呵呵呵，這些年來真的辛苦妳了……即便妳先天擁有能頑強抵抗黑幽死病的特殊體質，可是因為長期以來不斷刻意染上黑幽死病，妳自小就常常在鬼門關前徘徊哪……」

「父、父親大人……」

「那些已經是過去式了。真黑幽死病控制術式ㄕ大功告成，如今要量產母帶菌者並非難事……今後妳也不需要再擔任實驗體，不需要再抱著自己隨時有可能暴斃的不安……妳終於能從那個充滿痛苦和不自由的日子獲得解脫了……辛苦妳了……」

「啊、啊啊……終於……嗚嗚……終於……我終於……可以……」

知道自己終於可以擺脫忍耐多年的死亡恐懼和痛苦，妮裘忍不住雙手摀著臉，淚流不止。

「不過，在讓妳重獲自由以前……」

傑帕爾指著癱倒在手術台上的葛倫和賈提斯，向內心感慨不已的妮裘說道。

「妳必須先殺了那兩個人……把他們的病情提升到足以致死的地步吧。」

「……咦？要……要殺了他們嗎？」

面對傑帕爾殘酷的指示，妮袞啞然失色，臉色漸漸變得蒼白。

「為什麼……？」

「這不是廢話嗎？唯有證明這個兵器擁有足以致人於死的威力，才能拿來當作獻給天之智慧研究會的禮物……妳是母帶菌者，可以自由控制子感染者的病情……我在妳的身上留下了這種術式。而且，這種便利性、確實性和即效性，正是咒葬兵器【黑幽死病】的最大優點。好了，快點動手吧！由妳親手殺掉那兩個人！」

傑帕爾的發言讓妮袞愣然愣在原地。

「快，動手！」

傑帕爾的大叫聲在地下室冷冷地迴盪著。

妮袞呆若木雞，一動也不動。

「…………我……我不想要殺人！我、我——」

好一會兒後，妮袞終於從喉嚨深處擠出聲音拒絕，下一瞬間——

啪！

傑帕爾一掌打在一臉鐵青、模樣狼狽不堪的妮袞臉上。

「愚蠢的女兒……事到如今，還有什麼好害怕的!?」

「可、可是……!」

「搞清楚，在妳和我協力完成咒葬兵器【黑幽死病】的當下，妳就全身沾滿了不可抹滅的滔天大罪了。

這種黑幽死病未來將會導致無數人類死亡。那麼，妳現在親手奪走一、兩條性命，又有什麼差別？」

「…………啊。」

妮裘一臉錯愕。

「怎麼了？妳該不會直到現在才發現吧？還是說妳從以前就對這個事實視而不見？妳創造出來的咒葬兵器在妳看不到的地方殺害了大量的人，妳就覺得無所謂嗎？」

「不、不是的……我、我只是因為活得很痛苦……害怕死亡的威脅……是爸爸你答應我只要黑幽死病的控制術式能真正完成，就會讓我從這個痛苦解脫的……所以我才……可是……啊……啊啊啊啊……」

傑帕爾繼續向抱住頭往後倒退的妮裘威脅利誘。

「妮裘啊。難道妳想要再回去過不知何時會暴斃的生活嗎？妳不想好好享受不用擔心死亡威脅的健全人生嗎？」

「啊……啊……我不要……」

「醜話先說在前，雖然妳現在還活得好好的……可是我不敢保證妳一定能活到明天喔？受到黑幽死病侵犯的妳，生命就是如此脆弱……妳難道不希望早日擺脫這種狀態嗎？」

「啊……嗚嗚、啊啊啊啊……！」

妮裘抱著腦袋拚命搖頭。

「咯咯咯……妳不需要覺得有罪惡感……這是妳為了求生而不得不做的犧牲啊……」

「不得不……？」

「沒錯，這也是迫不得已的……人為了活下去，也會殺害其他動植物做為糧食不是嗎？此乃生物的原罪，為了生存而不得不背負的罪孽。今天妳碰上的事情，就跟那個是同樣的道理。」

「……同樣……？」

「沒錯。」

經過傑帕爾這一番遊說後。

原本低頭不語的妮裘下定決心般抬起頭，目不轉睛地看著葛倫。

「呼……！呼……！呼……！」

只見看似快喘不過氣來的妮袠向前高舉掌心。

妮袠在心中默念著什麼後，左手浮現了血一般的紅色圖騰，一道人影同時悄悄地出現在她背後。

那是由黑霧構成的幽鬼影子。

隨著幽鬼影子的顏色愈來愈濃，輪廓變得愈來愈明顯。

葛倫身上如黑色瘀青般的斑點，也開始加速擴散。

「快，殺了他吧。」

「呼……呼……」

妮袠集中精神施展念力。

「殺了他……殺了他……殺了他……」

「呼……！呼……！」

妮袠施展念力。忍著快要喘不過氣來的痛苦，不斷加強念力。

滋、滋滋、滋……

轉眼就惡化的死病，持續剝奪葛倫的生命力……

「……咳噗……！」

昏迷的葛倫吐出了汙濁的血液……

然後……

「殺了他————————！」

傑帕爾的瘋狂嘶吼聲響徹了地下室——

…………

「呼！呼！呼！呼——」

妮裘癱坐在地上。

淚如泉湧的她筋疲力盡地垂低了頭。

不知不覺間，妮裘背後那黑霧般的幽鬼消失了。

「辦不到……我辦不到……！我下不了手……！」

妮裘抱頭哭喊。

「明明我的罪孽深重，他卻對我那麼好……！我實在沒辦法狠下心殺掉這麼溫柔的人……！」

「嘖！妳這蠢女兒！」

傑帕爾毫不留情地用力賞了妮裘一巴掌。

「愚蠢的傢伙……妳該不會因為他當妳的貼身護衛，就對他產生了感情吧!?我的女兒居然這麼花痴啊！」

傑帕爾憤怒地瞪著在手術台上的葛倫。

「哼！算了，反正他們倆已經無藥可救了！黑幽死病這種病一旦感染，病症就會不受控制地持續惡化，遲早會死亡！就放任他們自生自滅吧！」

「為、為什麼要這麼做……!?」

聞言，妮裘向傑帕爾苦苦哀求。

「父親大人，請你救救他們！那個已經完成了不是嗎!?我怎麼樣都無所謂……！只要這兩個無辜的人可以得救……！」

「笨蛋！他們已經涉入得這麼深，怎麼可能讓他們活著回去!?我們的禁忌研究一旦曝光，我們和這裡的研究員通通都會被那位大人滅口！我們沒有退路了！」

「怎、怎麼會——」

妮裘深受絕望的打擊……就在這個時候——

「不不不，用不著那麼費心了。」

耳邊突然傳來了令人搞不懂重點的台詞。

啵啪！

與此同時，在傑帕爾和妮袠四周的研究員們，腦袋不約而同地飛到空中。

大量的鮮血就像噴泉一樣，從失去頭顱的軀幹噴出，噴濺得到處都是。原本白色的研究室立刻變成血流成河的地獄。

事情發生得又快又急，傑帕爾和妮袠都啞然失色，愣在原地……

那名男子不知何時掙脫了綑綁，只見他慢條斯理地從手術台坐起身，向神情呆滯的兩人面露微笑。

「反正……你們接下來都要遭到我的『正義』肅清。」

比黑暗更為幽暗的眼眸射出了絕對零度的光芒，睥睨著必須接受制裁的罪人們。

賈提斯・羅凡。

出現在兩人眼前的，是臉上掛著駭人笑容的地獄斷罪者。

「怎、怎麼可能……為什麼……？」

面無血色的傑帕爾身體發抖，往後倒退。

「你確實染病了啊……而且你的症狀已經嚴重到瀕臨絕對會死的最後一期了……怎麼可能還爬得起來……意識怎麼可能還維持清醒……!?」

「因為這個狀況『早在我的預料之中』了。我早就做好了一定程度的準備……只不過，儘管目前我還活著，可是隨著黑幽死病的病情惡化，終究難逃一死。」

「…………什麼？」

傑帕爾以滿不在乎的語氣說道後，傑帕爾傻眼了。

「你、你早知道了？到底為什麼……？重點是，你明知道會變成這樣，卻依然故意讓自己感染黑幽死病嗎……!?」

「哈哈哈，那當然了。我是生是死一點都不重要。重要的是『正義』能否正確執行，『邪惡』能否被消滅……而且這次的行動還有一個重點……」

賈提斯用眼角餘光瞄了躺在手術台上的葛倫一眼。

「那就是……鑑別出葛倫真正的價值跟能力究竟是如何。」

「你、你這傢伙到底在說什麼……？」

「啊啊，你不用在意。反正你馬上就要死了，這問題對你來說一點都不重要，況且像你這種令人覺得噁心想吐的邪惡，也絕對不可能理解。」

賈提斯用戲謔的語氣說道，從手術台上跳下來。

接著他向前揮動了雙手。

他的手套向四周灑出了某種粉末，大量完全武裝的人工精靈們憑空現身，將傑帕爾和妮袞團團包圍。

「咿!?」

「啊、啊啊啊……救、救命……!請、請饒命啊……!」

殺氣騰騰的人工精靈們所擺出的劍陣密集得有如劍山，傑帕爾和妮袞嚇得魂飛魄散，不停發抖。

賈提斯對害怕的兩人視若無物，只是有感而發地說道：

「啊啊，終於……終於啊……無聊的鬧劇總算要結束，即將進入本次的重頭戲……咯咯咯咯!……啊哈哈哈哈哈……!」

只見賈提斯狂喜不禁，無法自持地向後弓起身子仰天大笑。

「葛倫!接下來換你登場了!向我展現出你真正的能力吧……你是真材實料的真貨?還是華而不實的假貨?……讓我來鑑定吧……!哈哈哈哈哈!啊哈哈哈哈哈哈哈哈哈哈哈哈哈哈哈哈哈哈哈哈哈哈哈哈哈哈哈哈哈哈哈哈──!」

…………

……啵嚓。

深深陷入了黑暗泥沼中的意識，感受到一股微弱的刺激。

葛倫的意識受到那股刺激影響，有如往水面竄去的海中氣泡，漸漸浮起……

「……咕、嗚……嗄……」

彷彿被一層汙穢的泥濘纏身，葛倫慢吞吞地坐起沉重的身體……

「……我、我剛才……到底發生了什麼事……？」

葛倫頂著混濁的意識檢查自己的狀態。

身體很不舒服。想吐。腦袋因為發燒無法好好思考。明明身體燙得像著火一樣，卻冷到好像快凍死了。而且——

「咳咳……咳咳……」

把從體內深處湧出的東西咳出來一瞧後，沾黏在掌心上的是黑色的汙濁血液。一想到這就是自己體內的血，葛倫的心中充滿了恐懼。

雪上加霜的是，身上的皮膚密密麻麻地充斥著瘀青般的斑點……

這種身體狀況明顯不正常。

「……我、我的身體……到底是怎麼了啊……？咳噗!?」

正當深陷驚嚇與混亂的葛倫感到錯愕不已時──

「唷，你終於醒了嗎？葛倫。」

這句話突然傳入了他耳中。

「我幫你施打了我特別調整過的靈質強化劑。原本你就算沒死，意識也不會恢復了；由於打了強化劑，現在的你應該勉強還有一點行動能力吧。只不過──」

接著「砰」地傳來了闔上書本的聲音。

「──如果不設法醫治的話，我們兩個還是難逃一死。」

葛倫轉頭朝聲音的來源望去後……

……一幅地獄般的景象映入了他的眼簾。

「什、什麼──!?」

這裡似乎是某個地下研究設施。但這裡是什麼地方一點都不重要。

眼前所見盡是一片紅色。紅色。紅色。滿地都是斷頭的屍體。

只見整齊劃一排列成圓形的人工精靈們，高舉著手上的長槍，傑帕爾全身千瘡百孔的身體就刺在槍尖上。

傑帕爾早已斷氣，模樣有如被串掛在枝頭上的獵物。他死時臉上掛著充滿恐懼、絕望與痛苦的表情，在在說明了他在死前曾經歷過的淒慘慘劇。

以那難以置信的畫面為背景——

「葛、葛倫先生……噫嗚……嗚嗚……」

妮裘求饒地跪在地上，被站在左右兩邊的人工精靈交叉雙劍抵著脖子，害怕得渾身發抖，泣不成聲……

「嗨，感覺還好嗎？」

一旁，則是蹺著腿坐在手術台上把玩書本的賈提斯——

「賈提斯，你這混帳————!?」

葛倫甚至忘記自己渾身病痛，放聲向賈提斯咆哮。

「你到底在打什麼主意!?這些人是你殺的嗎!?你打算對妮裘做什麼!?」

「冷靜一點，葛倫。我會把來龍去脈告訴你。」

賈提斯並沒有被氣勢洶洶的葛倫震懾，也沒有想虛張聲勢的意思，只是氣定神閒地回答道。

「首先，我們被擺了一道。」

「啥!?」

「帝國軍高層部有天之智慧研究會的內應……那個內應呢，早就把表現傑出的我們視為眼中釘了。畢竟這陣子我們持續在重創天之智慧研究會。說穿了，我和你都『做得太過火了』……」

「…………!?」

葛倫啞口無言。

「所以，那個內應打算假任務的名目，把我們這兩個礙事的傢伙收拾掉……就在這個時候，那個內應的手下傑帕爾剛好完成了某項研究。」

「傑帕爾……!?難道說……!?」

賈提斯沒有正面回答葛倫的問題，繼續悠哉地說道：

「咒葬兵器【黑幽死病】。把致死性的病原菌靈魂體化，直接對人類的靈魂體造成感染，進而致人於死的疾病……啊啊，簡單地說，你就當作這是一旦感染便會百分之百死亡的，對生物咒術兵器吧。」

「什麼？直接對人類的靈魂體造成感染……？這種惡意也太可怕了吧!?這是人類的構想嗎!?居然利用魔術做出如此傷天害理的發明……!?」

正因為葛倫是魔術師，所以他可以理解這個彷彿把人類的殺意和惡意，濃縮到極限的惡魔構想有多麼駭人，戰慄得不能自已。

「莫非……!?我們身體的異常狀態就是……!?」

「沒錯。就是【黑幽死病】導致的。經由空氣傳染，短時間內就能造成大流行的死神鐮刀。」

賈提斯把一疊資料拋到葛倫跟前。

葛倫伸出顫抖的手撿了起來。

不知道賈提斯從哪弄來的——那是傑帕爾所製作的關於【黑幽死病】的報告書。

葛倫用帶有嫌惡與驚愕之意的眼神一頁翻過一頁。報告書上指出了駭人無比的研究過程和非人道的研究內容，以及機密的非法人體實驗——

賈提斯說的都是真的——賈提斯看出葛倫理解了這個事實後，用戲謔的口吻繼續說道：

「然而——不受控制的力量，再怎麼強大也無法做為兵器。而且兵器講究即效性。會取咒葬兵器這個名字，表示這個病有控制感染與發病的機構。而那個機構就是母帶菌者……妮裘。」

賈提斯判罪似地說道後，妮裘嚇得打了一個哆嗦。

「這應該算是異能的一種吧？她天生擁有特異體質。即便感染黑幽死病，充其量也只會出現顯著的體力滑落和健康不佳的情況，可是絕不會因為黑幽死病而病死。所以說，她天生就適合當母帶菌者的研究實驗體。」

「什……」

「黑幽死病菌會透過母帶菌者的呼吸，常時向四周擴散，以空氣傳染的途徑，讓旁人受到感染。感染的人又會透過呼吸，往四周擴散黑幽死病菌。傑帕爾過去私下開發著惡夢般的魔術式，為的就是讓母帶菌者，可以完全操作所有染上了黑幽死病的人類的發病與進行狀況，而且過程是不可逆的。」

「這怎麼……可能……」

葛倫在研究報告書上發現了『妮裘』的名字。

「而且，傑帕爾最後也成功地開發出了完全的黑幽死病控制術式。建立了量產母帶菌者的手段，不再只需要仰賴擁有特異體質的妮裘。更可怕的是，傑帕爾企圖以這個研究成果為籌碼，加入天之智慧研究會。」

「…………」

「不難明白吧？葛倫。這已經是反人類罪了。難以饒恕的滔天大罪。毫無慈悲地讓他以死贖罪是理所當然的吧？而且——」

賈提斯從手套灑出擬似靈素粉末後，手上出現了一把人工精靈的劍。

他用劍尖抵著妮裘的眉心，做出宣言。

「——自然，那個妮裘也不能例外。」

「咿!?」

「你們這些罪人必須贖罪……以死償還罪孽吧……！」

賈提斯的眼神充滿了絕對零度的殺氣……就在此時——

「慢著——！」

葛倫大叫制止了他。

「傑帕爾的確死得不冤……可是妮裘的情況應該另當別論吧!?妮裘是受到傑帕爾的逼迫，不得已才當母帶菌者的！她只是被利用！她本身是無辜的！」

「好天真啊，葛倫。真是太天真了……她是無庸置疑的邪惡。」

葛倫駁斥不以為然地聳聳肩膀的賈提斯。

「開什麼玩笑！不管怎麼想，妮袞怎麼可能是惡人!?」

「真是的……人類的善惡不該由人類評斷。」

「你有資格說這種話嗎!?你這個喪心病狂的正義魔人——！」

「啊啊，我當然有資格了。」

賈提斯沒有理會葛倫的批評，繼續說道：

「這樣說吧，被視為惡人的人有時也會保護弱者，被視為善人的人有時也會對弱者見死不救……人活在世上就是具有各種面向。正因為如此，基於個人的偏見和感情來判斷一個人的善惡，這種行為是不被允許的。難道不是嗎？」

「——!?」

「用善惡判斷一個人的唯一基準……那就是『是否將要犯罪？是否已經犯下了罪？』。不是嗎？」

「這、這個……」

「不是有一句話叫『要恨就憎恨罪惡，不要憎恨人』嗎？這句話的意思就是不要憑個人的主觀意識斷罪他人，而是基於明確而客觀的『事實』。人格？環境？動機？同情？……這些東西只不過是雜音。裁判必須永遠做一個公正不阿的天秤。我們的工作就是要實踐這個目標。難道不是嗎？」

「……可、可是……！」

「張大眼睛，仔細看看我們現在的模樣吧？我們感染的黑幽死病已經發病了，隨時會死。我們將死在她的手中。沒錯，她『已經犯下了罪』。而且這與她個人的意志無關，身為母帶菌者的她光是存在就能一直殺人，這是『事實』。更進一步而言，她也為黑幽死病控制術式這個惡魔術式的開發做出了莫大的貢獻……看，她徹底就是個罪人，不是嗎？她必須接受制裁才行。總不能說只要沒有殺人的企圖，殺人就沒有關係吧？有那麼好的事嗎？哈哈哈，愈想愈令人反胃。這個世界豈能容許有這種邪惡存在。」

撂下這句話後。

賈提斯朝著全身發抖、摀著臉啜泣的妮裘舉起了劍——

眼看他就要朝妮裘揮下劍時——

喀嚓。

「……你這是想做什麼？葛倫。」

「……！」

葛倫舉槍瞄準了賈提斯。

「離妮裘遠一點……」

「……不會吧。我講了這麼多只是在對牛彈琴嗎？」

「少囉嗦……你那死腦筋的正義論根本是一堆屁話！我們可是人類，不是機械……！咳咳！如果光憑客觀的『事實』就能判斷善惡的話，世界也不會那麼複雜了！更何況，就算她真的有罪，那也應該是由司法來審判！可是你卻當起法官……你以為自己是誰啊——!?咳、咳咳！」

「咯咯咯……哈哈哈哈哈哈哈哈哈哈哈哈——！你以為由人類來審判人類的司法真有什麼正義可言嗎？葛倫！你還太嫩了，啊哈哈哈哈哈哈哈哈哈哈哈哈哈哈哈哈哈哈哈哈哈哈哈哈哈哈哈哈哈——！」

「你自己不也是人類嗎……！」

「沒錯，我是人類。不過……我可是有『資格』的喔……我具備了執行正義的『資格』……唉，只可惜現在的你還無法理解吧？咯咯咯……」

賈提斯高聲大笑。

葛倫咬牙切齒。

葛倫以靈魂領悟到，自己跟賈提斯在這件事情的看法上是毫無交集的平行線。

那麼，兩人未來將面對的是——

「……我先聲明。」

或許是賈提斯也產生了同樣的預感，他開口如此說道：

「假如我們打起來，現在的你勝率只有百分之一……換句話說，打一百次你會輸九十九次……你必『死』無疑……『我已經預測到了』。」

「……嗚!?」

葛倫的臉閃過了一絲緊張。

賈提斯恐怕不是在虛張聲勢。

葛倫也親眼看過賈提斯展現出的壓倒性力量。像自己這種老是靠出奇不意的花招贏得苦戰的三流魔術師，面對他幾乎沒有勝算。

即便如此——

「……噢？」

「…………」

葛倫仍不肯讓步。他懷著堅定不移的意志，持續舉槍瞄準賈提斯。

「……你決心與我一戰，對抗我的正義是嗎？」

「我管你什麼正義！妮裘還有救！對有救的人見死不救，我的心中不存在這種選項！」

「……她是黑幽死病的母帶菌者。光是存在就能向四周散播死亡，像她這麼可怕的死神，到底還能怎麼救？雖然你說她還有救……可是那只是你個人的幼稚願望吧？」

「…………誰說的……！」

葛倫吐血的同時，臉上顯露出一絲迷惘。

不過，為了某種不能退讓的價值，他持續向賈提斯展現意志。

……這時——

「…………咯咯咯……原來如此。」

賈提斯突然發出了憋笑的聲音。

「好吧……看來這似乎有一試的價值，葛倫……啊哈哈哈哈！」

「一試……試什麼……？」

看到賈提斯那令人茫然費解的反應，葛倫蹙起了眉頭。

對葛倫而言，賈提斯原本就是個百思不得其解的存在。

「哎呀哎呀，抱歉，不瞞你說，這次的任務對我來說只是附帶的，真正的重點是你啊，葛倫・雷達斯。我一直很想試試看……你是否真的拯救得了那個無可救藥的少女……咯咯咯……」

「……這到底是什麼意思……!?」

「坦白告訴你吧。其實在這次的事件中是存在『妮裘能得救，我們也可以免於一死』這種圓滿結局的，葛倫。」

「什麼!?」

賈提斯像是沉醉在葛倫那錯愕大叫的反應之中，繼續說道：

「咒葬兵器【黑幽死病】……雖然表面看來是完美無缺的最凶惡咒法，但它還是有弱點。那就是黑幽死病的母帶菌者……也就是妮裘本人。」

賈提斯以冷若冰霜的眼神俯視跪在地上的妮裘。

「這個病魔是透過母帶菌者擴散黑幽死病菌對旁人造成感染。基本構造是母菌製造出子菌——也就是第一世代黑幽死病菌製造出第二世代黑幽死病菌，然後向四周擴散。而且，既然黑幽死病菌是以魔術進行控制，也就設有安全措施。那個安全措施就是……如果第一世代黑幽死病菌滅絕的話，第二世代以後的病菌也會連鎖性地自然滅絕。」

「換句話說……如果妮裘死亡，或者根治妮裘所感染的黑幽死病菌，咒葬兵器【黑幽死病】就會整個隨之消滅嗎……!?」

「正確答案。目前妮裘是世上唯一一個母帶菌者……只要針對她，人類就能永遠遠離【黑幽死病】的威脅。所以，我認為殺了她才是不可動搖的正義，不過——」

「少囉嗦，不要賣關子了……！另有主題對吧!?」

「沒錯。幸好你腦筋動得快。」

賈提斯惺惺作態地聳起肩膀說道。

「啊哈哈，不要生氣了，冷靜聽我說嘛葛倫。其實有特效藥。」

「…………什麼？」

賈提斯繼續向目瞪口呆的葛倫說明。

「對。傑帕爾做了治療黑幽死病用的特效藥跟疫苗。這也是理所當然的啦。否則他不小心感染的話，就只有死路一條了。」

「…………」

「只要幫妮裘施打特效藥，她所帶有的第一世代黑幽死病菌就會滅絕，從此不再是母帶菌者。如此一來，你跟我所罹患的黑幽死病也會不藥而癒。這種結局夠圓滿了吧？」

「開、開什麼玩笑，你這傢伙……!?」

沒想到居然有這麼簡單的解決方法，葛倫激動到怒髮沖天。

「既然你知道有這種方法，為什麼不早點說！扯一堆什麼正義和天秤的——」

然而——

「可是這裡有一個問題，葛倫。」

賈提斯開懷地張開雙臂說道。

「你覺得在這之中哪一個才是真正的特效藥嗎？」

「——!?」

仔細一瞧，賈提斯旁邊的台子上擺放了一排大量的安瓿。

「雖然傑帕爾為了以防萬一，事先準備了黑幽死病的特效藥……可是，他也沒忘記要準備以假換真的贗品，以防遭到妮裘和研究員背叛。」

「什……」

「傑帕爾應該能輕易從這一堆藥品中找出真正的特效藥……無奈我不小心失手把他殺掉了呢。我也看不出來哪個才是真的。」

賈提斯露出假惺惺的笑容。

「真正的特效藥就混在這裡面，這是千真萬確的……問題是，其他的藥好像都是劇毒哪……打錯藥的話，妮裘應該必死無疑吧……唔唔，這下傷腦筋了。好啦，接下來該怎麼辦呢……？」

葛倫無視了賈提斯，自顧自地計算安瓿的數量。

剛好一百瓶。

當中只有一瓶能拯救妮裘的性命。

「葛倫，說到這裡你應該也猜到主題是什麼了吧？」

賈提斯向鐵青著一張臉的葛倫說道。

賈提斯的臉上露出惡魔般的微笑，維持輕描淡寫的語氣。

「你不是『即便是交戰一百次會敗陣九十九次的戰鬥，還是能在第一次戰鬥時，引出那僅有一次勝利的男人』嗎？……放手一搏看看吧？」

「什麼……」

「或許可以藉由這個方式理解你真正的能耐吧……坦白說，我無法理解你的正義。明明你的正義破綻百出，脆弱得隨時都有可能瓦解，可是你卻能打破機率保持連勝……我實在『無法預測』你。」

「…………」

「你到底是何方神聖？我曾經思考過這個問題。打著那不堪一擊的正義持續勝利的你……

說不定是受到某種超凡出世的意思守護的『天選之人』呢……」

「…………」

「眼前的妮裘跟你過去未能拯救的『丟失的那一群人』不一樣……跟那些沒能來得及拯救、救出機率是零的那些人不一樣……她有獲救的希望。你站在『可以拯救』妮裘的位置上。假如你真的是『天選之人』……就放手一搏看看吧？拯救妮裘讓我瞧瞧吧……屆時，我應該就能看清你的真面目了……我一直很好奇你到底是何方神聖呢……」

賈提斯毫無猶豫地明確說出了自己的目的。

「……這就是你的目的……？」

葛倫聽得瞠目結舌，不可置信地嗤之以鼻。

「就為了這種雞毛蒜皮、莫名其妙的垃圾理由，為了逼迫我進行這種狗屁賭博……？」

「啊啊，沒錯。不然呢？」

「——!?瘋了！你根本是瘋了吧，賈提斯————！」

葛倫發自靈魂深處的吶喊，不斷在地下室迴響。

「哈哈哈，現在我們可沒有時間討論我的理智了，葛倫。」

語畢，賈提斯咳出了血。

與此同時，葛倫也一個踉蹌跪在地上，咳得滿地都是血。

「……你最好不要小看一度進展到致死階段的黑幽死病……我們病死只是時間的問題。只不過——我還不能這麼早死……所以如果你不肯賭的話，我只好按照當初的預定執行正義，親手殺掉妮裘了。咯咯咯……說真的，由我來扮黑臉，你也比較沒有罪惡感吧？」

「～～～～!?」

葛倫氣喘如牛，雙腳使勁從地上站了起來。

現在不是理會賈提斯的時候。

葛倫站到了擺放有一百瓶安瓿的台子前，視線在安瓿和妮裘之間游移。

「……可惡，到底是哪一個……？」

安瓿上面有數字，但葛倫不懂那代表什麼意思。

是識別號碼嗎？還是暗號呢？追根究柢，葛倫也不確定安瓿上的數字是否真的帶有任何意義。不可能透過數字找出真正的特效藥。

完全沒有線索。

如字面所示，想要拯救妮裘的話，真的只能賭了——

「我不知道……可惡，我不知道……！到底哪個才是真的特效藥啊啊啊啊啊啊……!?」

在混濁的意識中。

葛倫發出了絕望的大叫，這時——

「……葛倫先生……」

妮裘萬念俱灰地向葛倫攀談。

「夠了……到此為止吧……你不需要這麼煩惱……」

「妮、妮裘……？」

「賈提斯先生說的沒錯……我是罪孽深重的人……我為了讓自己得救……成了開發可怕生物兵器的共犯……一直以來，我都刻意忽視那個兵器可能會帶來的災害……像我這樣的人，死不足惜……」

「不……」

「可以了……真的已經可以了……葛倫先生……你就隨便挑一瓶安瓿為我施打吧……」

「！」

「不管你抽中的特效藥是真是假……葛倫先生最後都能免於一死。只要是葛倫先生帶給我的，不管是什麼東西，不管是什麼結果，我都欣然接受……所以……就這樣吧……」

面對妮裘那帶有悲壯之意的覺悟。

「…………」

葛倫默默不語地推著上面放著安瓿的台子靠近妮裘。

接著他挑了其中一瓶安瓿。

葛倫折斷安瓿的玻璃口後，拿起放在一旁的針筒，把安瓿裡面的液體汲取到針筒中，再輕推活塞排出裡面的空氣。

然後葛倫站到妮裘身旁，低頭看著她。

「……麻煩你了，葛倫先生。」

妮裘輕輕地向葛倫伸出她的手臂，抱著接受任何後果的覺悟閉上了眼睛。

賈提斯看著這幅畫面默默心想。

（動手吧。葛倫。歡迎你高舉虛偽的正義，進行這種自我滿足的賭博。快把特效藥試用在妮裘身上，顯露出你的正義有多膚淺吧。）

賈提斯不禁竊笑。

（哈哈哈，怎麼可能被你挑中？機率只有百分之一。不可能挑得中。現實沒有那麼美好。到頭來，你不是為了救人，而是因為自己怕死才選擇賭博。你的正義不過就只有這點價值。對我來說，你只是個讓我不屑一顧的小人物……）

不過……

如果葛倫能贏下這場勝率只有百分之一的賭博——

如果他能打破機率，成功拯救妮裘的話——

（啊啊，到時我就承認你是『天選之人』。承認你所堅持的正義值得我打倒……！）

賈提斯用充滿了期待的眼神筆直地注視著葛倫。

（如果你真的是「即便是交戰一百次會敗陣九十九次的戰鬥，還是能在第一次戰鬥時，引出那僅有一次的勝利」的天選之人……那就讓我見識你的能耐吧！葛倫！）

這時——

「喂，賈提斯。」

「什麼事？」

葛倫維持手拿針筒對著妮裘的姿勢開口了。

「有一句話我要先跟你說……去吃屎吧你。」

「……？為什麼這麼說？」

「誰要照你的意思賭這種爛賭博啊。」

向賈提斯嗆完聲後。

葛倫把裝有安瓿內藥物的針筒刺進了手臂中。

……他毫不猶豫地，將針刺向自己的手臂。

「什麼──？」

「葛、葛倫先生!?」

沒想到葛倫會做出這種莽撞的事，賈提斯不可置信地睜大了眼睛，妮裘則發出慘叫聲。

下一秒。

「咳、噗──!?」

葛倫吐了一大灘血。

「嗄啊啊啊──!?果、果然猜錯了……嗎！事情果然沒有那麼簡單啊……!?咳咳咳，咕噗！」

然後，葛倫一邊吐血一邊詠唱白魔【血液淨化】，淨化自身的血液。

「呼……！呼……！幸好這是魔術系的毒……如果是天然毒的話就不妙了……」

儘管成功淨化了進入血液的毒素，可是毒素在短時間內便對葛倫造成了重大的傷害，葛倫明顯變得比之前更衰弱了。

「你……這是在做什麼？葛倫。」

葛倫抹掉嘴角的血絲，回答賈提斯的疑問。

「我們……接受過耐毒的訓練……縱使是足以讓妮裘瞬間致死的劇毒……也可以撐住幾秒鐘的時間……那短短幾秒鐘……就夠我們詠唱解毒的咒文了……！」

「所以說，你這到底是在做什麼，葛倫────!?」

原本老神在在的賈提斯終於忍不住地大聲咆哮，葛倫也不甘示弱地嗆了回去。

「吵死了，你看不出來嗎？當然是要拿我自己試打一百瓶的安瓿啊!?」

「────!?」

「施打在我身上後如果病情有所改善，表示那一瓶就是真正的特效藥！這是唯一一個確實能拯救妮裘的方法了！」

這次換賈提斯感到錯愕了。

「葛、葛倫先生……！這樣太亂來了！請、請你不要這麼做！」

妮裘哀求葛倫打消念頭，可是葛倫二話不說向自己施打了第二瓶安瓿。

「嘎啊啊啊啊啊啊啊啊啊啊啊啊啊────!?」

葛倫再次慘叫。

那道淒厲的慘叫，難以想像葛倫受到了何等痛苦的折磨。

葛倫立刻詠唱解毒的咒文……

「呼……！呼……！啊、咿、嗚……下、下一瓶……」

葛倫伸出顫抖的手拿起第三瓶安瓿。

妮裘哭著試圖阻止他，可是葛倫充耳不聞。

賈提斯努力讓自己冷靜下來，向這樣的葛倫開口說道：

「葛倫……這樣下去你會死的喔？」

「……少、囉嗦……」

「就目前看來，那種毒的殺傷力頗為強大。再試打個兩、三瓶，你就會承受不住毒性暴斃了。甚至來不及讓你唱解毒的咒文。你要在接下來的兩、三瓶抽到真正的特效藥……機率可說非常渺茫喔？」

頓時，葛倫發出的慘叫聲再次撼動了地下室。

原來葛倫當著賈提斯的面前施打了第三瓶安瓿。

「……咳咳！那又怎麼樣……！」

在千鈞一髮之際完成解毒的葛倫，擠出聲音回答：

「反正……我也當不成『正義魔法使』……！我沒有那樣的力量……！」

「！」

「我唯一能做到的……只有絞盡腦汁思考……努力再努力……把希望寄託在較高的可能性上，持續往前衝……直到自己有一天被消磨殆盡為止……！除此之外別無他法了……！」

「——!?」

葛倫如此大喊後，賈提斯愣住睜大了眼睛。

然後，葛倫拿起了第四瓶安瓿。

把內容物汲取到針筒——

「咳咳！混帳……！拜託讓我抽中吧——！」

孤注一擲的葛倫一聲大吼的同時，準備把針筒刺進自己的手臂——

「不、不要呀——！」

妮裘悲愴的哀號聲儼然變成了合奏——

然後——

——下個瞬間。

啪！

「————!?」

葛倫不禁瞠目結舌地愣住了。

眼看就要刺進皮膚的針筒，在最後一刻靜止不動。

「……賈提斯……你……？」

抬頭一看。

原來是賈提斯抓住了葛倫的胳膊，阻止他為自己打針。

「…………………」

面無表情的賈提斯不發一語。

半晌後……

「咯咯咯……」

只見他抖著肩膀……

「啊哈哈……哈哈哈哈……」

開始放聲狂笑。

「啊哈哈哈哈哈哈哈哈哈哈哈哈哈哈哈哈哈哈哈哈哈哈哈哈哈哈哈哈哈哈哈——!」

賈提斯露出洋溢著喜悅的表情，向一臉錯愕的葛倫和妮裘說道：

「了不起，葛倫！算我服了你！這種展開──『出乎了我的預料』！啊哈哈哈哈哈哈哈哈哈哈哈哈哈哈哈──！哎呀，真的是太神奇了！沒想到，你那充滿了勇氣的行動居然能打動我的心！簡直跌破我的眼鏡啊！我太感動了，葛倫！雖然你的正義跟我的截然不同，卻也是貨真價實的！我就認同你吧！這場你跟我之間的勝負……是你贏了！『即便是交戰一百次會敗陣九十九次的戰鬥，還是能在第一次戰鬥時，引出那僅有一次勝利的男人』……啊啊，原來如此原來如此，果真名符其實！啊哈哈哈哈哈哈哈哈哈哈哈哈哈哈哈哈哈哈哈哈哈哈哈哈哈哈哈哈──！」

賈提斯狂笑了好一陣子，直到心滿意足後。

「──起動・固有魔術【尤絲蒂雅的天秤】！」

賈提斯發動了某種魔術。

「洞悉森羅萬象吧……我的正義女神啊！」

賈提斯的左眼頓時有無數的數字如洪水般躍動。

接著他透過左眼所『看到』的世界出現了變化。

天地萬物都轉化成了數字與公式。

無論是葛倫或妮裘的姿態，乃至於世界上的一切，都分解成無限的數字和公式，把三次元的世界轉變成讓人難以維持理智的四次元風景。

這就是賈提斯的固有魔術【尤絲蒂雅的天秤】。

這個魔術可以讓賈提斯透過數字和公式，取得世上所有的情報。

包括所有的物理量和物質在內，就連人的思考也不例外。只要發動這個魔術，所有的一切都會被還原成數字和公式，無所遁形。

只不過，這個魔術對賈提斯以外的人而言毫無意義。即便透過數字取得全世界的情報，一般人也無法做任何有效的利用。

唯獨賈提斯可以使用自己獨特而卓越的數秘術處理這些數字，做出近似預知的行動預測與分析。說是專為賈提斯量身打造的固有魔術也不為過。

「呵……葛倫。這個才是特效藥。」

賈提斯用手指拎起台子上其中一瓶安瓿，拋給了葛倫。

「真可惜……它就在你剛才拿的那瓶安瓿隔壁。說不定就算我不幫忙，你也能自己抽到真正的特效藥呢……不，現在我敢相信……你一定能辦得到……咯咯咯……」

收下安瓿的葛倫露出半信半疑的表情，交互打量瓶子和賈提斯。

「哎呀，你懷疑我嗎？……我不是說過了嗎？這場勝負是你贏了。事到如今我不會胡謅顛三倒四的事情騙你。我也不會制裁妮裘……這可是看在你的勇氣上喔。這是我第一次讓自己的正義妥協，恐怕也是最後一次了。」

「……」

「還有，這次我欠你一個人情。日後我一定會還給你的……那麼，告辭了。」

單方面地說完想說的話後。

賈提斯掉頭轉身邁步離去。

當賈提斯和呆站在原地的葛倫擦身而過的瞬間，葛倫低聲地詢問他。

他的眼睛並沒有看著賈提斯。

「……到頭來……你的目的到底是什麼？」

聞言，賈提斯驀然停下腳步。

他同樣沒有看著葛倫，開口回答：

「呵，其實你早就知道答案了吧？葛倫。我跟你是水火不容、勢不兩立的宿敵……難道不是嗎？」

「…………」

「雖然我們現在是在同一個組織下奮鬥的同志……可是我們終有一天會決裂……為了彼此堅持的正義。」

「…………」

「會想要更深入瞭解宿敵……不是理所當然的嗎？」

聞言，葛倫朝著賈提斯的背影，忿忿地撂下狠話。

「我不知道你到底在追求什麼……可是未來當你出現在我面前阻礙我時……我一定會把你幹掉。給我牢牢記住了。」

「呵。啊啊，那就恭敬不如從命啦……我很期待那一天的到來喔……葛倫。」

兩人以帶有宣戰意味的言詞交鋒後……

賈提斯揚長而去——

——就這樣。

葛倫和賈提斯擔任萊蘭多法醫學研究所所長傑帕爾・狄雷克的女兒妮衰・狄雷克保鑣的任務，宣告結束。

經過這次事件，不只萊蘭多法醫學研究所企圖與天之智慧研究會進行接觸的計畫被揭發，研究所過去曾秘密研究恐怖的對生物咒術・咒葬兵器【黑幽死病】一事也跟著曝光，震撼了帝國政府。

理所當然地，研究所被下令封鎖，被循線追查出來的相關人士也通通遭到逮捕，鋃鐺入獄。【黑幽死病】的相關研究徹底被埋葬到黑暗之中。

傑帕爾的女兒妮袞・狄雷克因為是重要的證人，一開始被軍方關了起來。不過，後來證實她並非自願參加研究，而是受到父親傑帕爾的逼迫，沒有選擇的餘地，而且她已經施打了特效藥，不再是黑幽死病的母帶菌者；因此，儘管必須暫時受軍方監視，至少她回到了保有一定程度自由的生活。

據說妮袞立志成為真正能救人的醫生，正努力讀書準備考帝國大學。

另外，葛倫和賈提斯在可怕的【黑幽死病】就要對世界造成影響之際及時阻止了陰謀，因此獲得極大的讚賞與榮耀。

不過，賈提斯的做法一如既往地被認定『太過殘忍』，受到了嚴重的懲戒處分。

然而，高層還是沒有人敢做出把賈提斯逐出軍隊的決定。

……因為大家都發現了。

賈提斯・羅凡是必須留在軍隊就近監視的危險人物，絕不能放他自由。

無論如何，這段有可能演變成動搖帝國重大事件的插曲，就這樣靜靜地落幕了。

之後——

——帝都的某地。

「本次事件可以接受的折衷處置，差不多就是這樣了吧。米蓋爾・布拉卡……你說是吧？」

在位於高級住宅區，帝國軍千騎長米蓋爾・布拉卡的住家房間裡。

屋主米蓋爾被人工精靈包圍，嘴巴裡面塞了一塊布，整個人就像簑衣蟲一樣被鎖鏈五花大綁，倒在地上。

賈提斯面露冷笑，睥睨著米蓋爾。

「其實……我從一開始就知道你是天之智慧研究會的臥底了……也知道你就是本次事件暗地裡唆使、操控傑帕爾的藏鏡人……我說啊，米蓋爾・布拉卡……」

「嗯嗯嗯嗯嗯～～～!?嗯嗯嗯嗯——!?」

米蓋爾涕淚交零地呻吟著。

他的臉上寫滿了絕望。

米蓋爾已經想像得到——自己接下來將遭逢什麼悲慘的命運。

「不過，我還是選擇暫時靜觀其變……因為我相信等到哪天要揪出天之智慧研究會的狐狸尾巴時，你的存在將會派上用場。不過，現在情況有點不一樣了。」

賈提斯一如在閒話家常般，以輕鬆的態度向驚魂未定的米蓋爾侃侃而談。

「你是天之智慧研究會的人，早就看葛倫很不順眼了。所以這陣子你處心積慮地在背後動手腳，把有死亡風險的高難度任務指派給他。雖然我不認為那個葛倫會栽在你這種三流計謀的手中……不過，畢竟人有旦夕禍福，很難說得準。」

「嗯嗯嗯嗯嗯——！嗯嗯——!?」

「萬一那個『禍』發生的話，豈不是很傷腦筋嗎？畢竟——要打倒葛倫的人是我……你知道吧？況且我欠葛倫一個人情。欠人人情必須早點償還，否則有違道義對吧？雖然我跟葛倫是水火不容的關係，不過，我還是很希望盡可能地以真摯的態度，面對這種值得自己付出一切對抗的宿敵。你可以明白我的心情吧？米蓋爾。」

「嗚嗚嗚嗚嗚嗚嗚嗚嗚嗚嗚嗚嗚——!?」

「所以啊。」

彷彿只是在回答今天晚餐要吃什麼一樣，賈提斯臉上堆滿了笑容。

「……我決定還是趁早幹掉你好了……雖然有那麼一點可惜啦，不過我也很無奈。誰教我之前給葛倫添麻煩呢。」

「嗯嗯嗯嗯嗚嗚嗚嗚嗚——!?嗯嗚嗚嗚嗚嗚!?」

「總之就是這麼一回事……安息吧，米蓋爾。」

賈提斯掉頭轉身。

「啪」地彈了一下手指。

「嗯嗯嗚嗚嗚嗚嗚嗚嗚嗚嗚嗚嗚嗚嗚嗚嗚嗚嗚嗚嗚嗚嗚嗚嗚嗚嗚——!?」

與此同時，米蓋爾那含糊不清的悲痛叫聲，響徹了昏暗的室內空間。

噗嚓！

——賈提斯頭也不回，一條性命在他的背後遭到殘殺。

……

「我欠你的人情已經還清囉，葛倫……」

離開了屋子的賈提斯，從容自若地走在帝都街頭。

「如此一來，就沒有礙事的人了。再也沒有人會拿不合理的事威脅你……接下來，我們就透過往後的任務，慢慢印證你跟我之間，誰的正義比較優秀吧……然後，終有一天……咯咯咯……啊哈哈哈哈哈哈哈哈哈哈哈哈哈哈哈哈哈哈哈哈哈哈哈哈——！」

賈提斯的狂笑聲冷冰冰地迴盪在空無一人，被火紅暮色籠罩著的都市裡……

黑幽死病擴散未遂事件塵埃落定後。

有一天，毫無預警地發生了帝國軍上級將校米蓋爾・布拉卡的失蹤事件。

雖然米蓋爾有過於古板的一面，不過他終究是才能傑出、深受旁人愛戴的帝國軍將校，因此他的失蹤受到帝國軍重視，可是即便總動員展開搜索，仍舊一無所獲。他行蹤不明，這起事件也成了一樁懸案。

這起詭異的事件，後來在帝國軍裡掀起一陣討論，眾人口耳相傳著各種千奇百怪的陰謀論。

這世上，只有一個人知道整起事件的真相——

後記

大家好，我是羊太郎。

短篇集『不正經的魔術講師與追想日誌』第五集出版上市了。

終於達到第五集的里程碑！萬歲！

這一切都要感謝編輯和各位出版關係者，以及支持本篇的『不正經』的讀者們！謝謝各位！

本集也收錄了羊傾盡渾身解數寫出的短篇故事！希望我的作品，能為讀者們帶來歡笑與一時片刻的歡樂時光。

那麼，依照慣例，接下來開始進行各篇故事的解說。

○爆發，愛情天使之戰

以魯米亞為主角的作品。沒想到寫著寫著就變成一篇讓人愈看愈頭痛的故事了。

在寫這種鬧劇的時候，奧威爾這個角色真的非常好用呢！所有愚蠢的行徑都可以用「因為他是奧威爾嘛」一句話就交代過去了。不只是這篇故事，瑟莉卡和奧威爾一直都被我視為非常貴重的短篇舞台裝置&負責幫故事收尾的角色。

○室長大人的憂鬱

這篇故事講的是帝國宮廷魔導士團特務分室室長《魔術師》伊芙，在工作上所碰到的辛苦。

我記得這篇故事是在本傳第七集出版之後，才刊登在DRAGON MAGAZINE的吧？伊芙身為精英雲集的特務分室室長，以及本作最強角色之一的魔術師，明明一開始登場時那麼轟轟烈烈，可是幾乎所有可以大展身手的場面都被阿爾貝特搶走，甚至還落到糗態畢露的下場。

原本伊芙的定位是吸引讀者仇恨的黑臉，現在回想起來，搞不好就是從這篇短篇故事開始，她在我心目中的定位慢慢出現了變化呢。

○變成貓的白貓

哎呀，貓真的很可愛呢（什麼東西）。我們家也有養貓，雖然一開始我對那隻貓沒什麼好感，只覺得「這隻可惡的毛茸茸生物是在囂張什麼！」，不過一起生活久了，便慢慢覺得貓其實也挺可愛的……雖然還是一樣不知道在囂張什麼。
這篇短篇故事就是我看著家裡的貓，靈機一動想出來的點子（意義不明）。

○捕獲梨潔兒大作戰

本篇以梨潔兒為主角，一言以蔽之就是充滿了混沌的故事。
梨潔兒因為角色特性的關係，實在很難發展出像魯米亞和西絲蒂娜那種戀愛喜劇的情節，所以就寫成這種天翻地覆型的鬧劇了（笑）。反正比起戀愛喜劇，我個人比較擅長寫這種一團亂七八糟的鬧劇，所以一點問題也沒有！
至於本故事最大的受害者，應該就是那個叫哈什麼的前輩了吧（合掌）。

○THE JUSTICE

這篇未公開的短篇故事，其實我從很久以前就想動筆，如今終於有機會把它寫出來了。以葛倫的宿敵、瘋狂的正義使者賈提斯・羅凡為主角的故事。
本故事的舞台設定在賈提斯的從軍時代，當時他的身分是特務分室執行官代號11《正義》。不過，關於這個角色，我這個作者能說的只有一句話……

這傢伙到底是有什麼毛病啊？

哎呀～他真的是肆無忌憚，想怎麼樣就怎麼樣呢，賈提斯君。

就連我這個作者也搞不懂這個傢伙，他到底想做什麼啊!?

賈提斯恐怕是不正經這部作品裡，擁有最強心理層面的角色了吧。哪怕找來一百個說教系的主角對他說教，恐怕他還是無動於衷，總之，他看起來很開心，那就好（笑）。

葛倫也真可憐，被難纏的傢伙給盯上了啊……（遙望遠方）

即便是葛倫打死也不願跨過去的那一條線，賈提斯也能若無其事地跨過去，不，應該說他會開開心心地跨過去，甚至跳起舞來吧，這樣的角色寫起來也是挺有意思的呢（笑）。

以上就是我針對各篇故事的解說。

本書收錄的都是作者眼中的自信作，希望讀者們都能看得開心！

請大家多多指教了！

羊太郎

輕小說
LIGHT NOVELS

不正經的魔術講師與追想日誌5

(原著名：ロクでなし魔術講師と追想日誌5)

原作：羊太郎
插畫：三嶋くろね
譯者：林意凱
日本株式会社KADOKAWA正式授權中文版

【發行人】范萬楠
【出　版】東立出版社有限公司
台北市承德路二段81號10樓　TEL：(02)2558-7277
【香港公司】東立出版集團有限公司
香港北角渣華道321號　柯達大廈第二期1207室　TEL：23862312
【劃撥帳號】1085042-7
【戶　名】東立出版社有限公司
【劃撥專線】(02)2558-7277　總機0
【美術總監】林雲連
【文字編輯】盧家怡
【美術編輯】陳繪存
【印　刷】勁達印刷廠
【裝　訂】台興印刷裝訂股份有限公司
【版　次】2020年01月31日第一刷發行